皮囊

NO MORE THAN SKINS

蔡崇達

編者的話

好的文字往往帶給人兩種閱讀感受，一口氣讀完或者捨不得讀完。我不想說老蔡的文字是哪種，因為不希望讀者在閱讀前有個討厭的推薦人給他們先入為主的印象。

很早前就看過他的幾篇短文，於是這本書便成了我很期待的一樣事物。我會將這本書帶上旅途，在每個靜謐陌生的夜晚拿出來慢慢看，而不是紅燈亮起或者堵車不動時。

這本書他寫了很久，我希望自己能讀更久。慢一些，不爭一些，也許得到更多，到達更快。

韓寒，二〇一四年十一月十一日

推薦序

生命中多添一盞明燈

劉德華

認識崇達僅三兩年吧，懂他真誠，因為有過幾次掏心詳談，知他能寫，卻沒有機會真正看過他的文章，直至崇達送我這書。

打開《皮囊》，讀到崇達果然文如其人的真摯，坦蕩蕩地自然自白成長經歷，沒有掩飾凡人難免的喜、怒、哀、樂、貪、嗔、癡，所以很真。

視人生無常曰正常，或許是頓悟世情，也可能是全心冷漠以保持事不關己的距離，自我保護；看崇達敞開皮囊，感性分陳血肉人生，會不自覺卸下日常自甘冷漠的皮囊，感同身受，因為當中，都有著普通人就會有的閱歷或感悟，所以共鳴。凡塵俗世，誰不是普通人？

人生際遇的好與壞，關鍵往往在於生命裡碰到什麼人，只要能對你有所啟發，都是明燈。崇達的《皮囊》裡，有的是對他成長中有所啟發的人，造就了他步步達成目標的人生；我認識崇達、看他的書，總有啟發，就如生命中多添一盞明燈。

二〇一四年九月三十日

自序

走向自己內心，是通往他人內心最快的路徑

蔡崇達

其實我經常會感謝二十九歲的自己，有勇氣寫作這麼一本書。

這原是本不打算出版的書。寫作的真正緣起，在於我不得不寫：被內心那些命題逼問到無處可逃，只能借助寫作這個工具，轉過身，直面自我的內心，一點點解剖開。這因此是個格外不易的過程，就如同把手術刀劃向自我內心最敏感的部分。

但我不得不做這次「自我內心的解剖手術」。正如我的好朋友白岩松在這本書的發佈會上說：「崇達寫這本書其實是為了『回家』，而『回家』是為了『自由』。」走向躲避的一切，才會回答出真正的自己，也才

能「回家」——「家」是讓你內心安寧的秩序，而這秩序，藏在那些讓你痛苦、讓你逃避的命題背後。藉由這些命題，找到內心的秩序，你才會真正抵達自由。

在書即將印刷的那天，我曾打電話問：「現在取消來得及嗎？」因為這本書碰觸的幾乎都是我最敏感的部分，正如切開的傷口，一點風吹草動都會痙攣。

最初，這是本不被看好的書：小鎮體裁、夾雜著小說感的散文、不斷回望過去的故事……如何看都不像是本能被大眾喜歡的書。因此它曾輾轉在幾個出版社之間，起印數是保守再保守的數量。而我自己，也只是把這本書當作自我的紀念。然而，讓人意想不到的是，書上市的第二天首刷就售罄，至今銷售的數量，據說堆起來可比一座山。

為什麼人們會想閱讀這本書？我的出版人為此和我幾次探討，他最終得出的結論是：我們都被時代、社會雕刻出了內心相同的命題，當你試圖回答這些問題，或許也陪同了很多內心有類似命題的人，一起尋找自己的答案。

我自小就受文學的恩惠。我曾是個內心封閉的人，在人生狂嘯著撲面而來的時候，也和許多人一樣，經歷了一個又一個衝擊、一個又一個障礙、一個又一個惶惑。而這些衝擊、障礙、惶惑卻始終不知道能向誰、以及如何表達，就像卡在內心的刺。在那些人生的關鍵節點，我幸運地讀到和我內心相通的書，它比我還理解自己的惶惑，它幫我表達出自己當時表達不出的一切，它抵達了其他東西所抵達不了的我內心深處。

每個人心裡都埋著這樣表達不出、甚至自我理解不了，但亟需舒展開的命題。幸運的是，我們彼此內心藏著的很多命題是相通的，當有人能藉由寫作通往內心最深處的命題，或許便能通往他人的心。

世界是由人構成的，人都是肉做的。無論在海峽這邊，還是那邊；無論是活在二十世紀，還是二十一世紀。我很感激二十九歲的那個自己，掙扎著走向自我的內心，因此幸運地走向我們內心共通的部分，也因此有機會在內心這相通的部分遇見很多人。我們內心最終都需要、都渴望被抵達，進而真正看見彼此，溫暖彼此。

謝謝新經典文化，讓這本書得以在臺灣和大家相遇。期待我們在內心共通的部分，互相遇見，互相看見。

二〇一七年八月十七日

目錄

Contents

編者的話　韓寒　003

推薦序
生命中多添一盞明燈　劉德華　005

自序
走向自己內心，
是通往他人內心最快的路徑　蔡崇達　007

•

皮囊　013

母親的房子　019

殘疾　045

重症病房裡的耶誕節　073

我的神明朋友　095

張美麗　125

阿小和阿小 145
天才文展 173
厚朴 211
我們始終要回答的問題 257
回家 265
海是藏不住的 277
願每個城市都不被閹割 281
火車伊要開往叨位 287

後記
我想看見每一個人 295

皮囊

那年我剛上小學一年級，很不理解阿太冰冷的無情。幾次走過去問她，阿太你怎麼不難過？阿太滿是壽斑的臉，竟輕微舒展開，那是笑——「因為我很捨得。」

我那個活到九十九歲的阿太——我外婆的母親，是個很牛的人。外婆五十多歲突然撒手，阿太白髮人送黑髮人。親戚怕她想不開，輪流看著。她卻不知道哪裡來的一股憤怒，嘴裡罵罵咧咧，一個人跑來跑去。一會兒掀開棺材看看外婆的樣子，一會兒到廚房看看那祭祀的供品做得如何，走到大廳聽見有人殺一隻雞沒割中動脈，那隻雞灑著血到處跳，阿太小跑出來，一把抓住那隻雞，狠狠往地上一摔。

雞的腳掙扎了一下，終於停歇了。「這不結了——別讓這肉體再折騰牠的魂靈。」阿太不是個文化人，但是個神婆，講話偶爾文縐縐。

眾人皆喑啞。

那場葬禮，阿太一聲都沒哭。即使看著外婆的軀體即將進入焚化爐，她也只是乜斜著眼，像是對其他號哭人的不屑，又似乎是老人平靜地打盹。

那年我剛上小學一年級，很不理解阿太冰冷的無情。幾次走過去問她，阿太你怎麼不難過？阿太滿是壽斑的臉，竟輕微舒展開，那是笑——「因為我很捨得。」

這句話在後來的生活中經常聽到。外婆去世後，阿太經常到我家來住，她說，外婆臨死前交待，黑狗達沒爺爺奶奶，父母都在忙，你要幫著照顧。我因而更能感受她所謂的「捨得」。

阿太是個很狠的人，連切菜都要像切排骨那樣用力。有次她在廚房很冷靜地喊「哎呀」，在廳裡的我大聲問：「阿太怎麼了？」「沒事，就是把手指頭切斷了。」接下來，慌亂的是我們一家人，她自始至終，都一副事不關己的樣子。

病房裡正在幫阿太縫合手指頭，母親在病房外的長椅上和我講阿太的故事。她曾經把不會游泳，還年幼的舅公扔到海裡，讓他學游泳，舅公差點溺死，鄰居看不過去跳到水裡把他救起來。沒過幾天鄰居看她把舅公再次扔到水裡。所有鄰居都罵她沒良心，她冷冷地說：「肉體不就是拿來用的，又不是拿來伺候的。」

等阿太出院，我終於還是沒忍住問她故事的真假。她淡淡地說：「是真的啊，如果你整天伺候你這個皮囊，不會有出息的，只有會用肉體的人才能成才。」說實話，我當時沒聽懂。

我因此總覺得阿太像塊石頭，堅硬到什麼都傷不了。她甚至成了我們小鎮出了名的硬骨頭，即使九十多歲了，依然堅持用她那纏過的小腳，自己從村裡走到鎮上我老家。每回要雇車送她回去，她總是異常生氣：「就兩個選擇，要麼你扶著我慢慢走回去，要麼我自己走回去。」於是，老家那條石板路，總可以看到一個少年扶著一個老人慢慢地往鎮外挪。

然而我還是看到阿太哭了。那是她九十二歲的時候，一次她攀到屋頂要補一個窟窿，一不小心摔了下來，躺在家裡動不了。我去探望她，她遠遠就聽到了，還沒進門，她就哭著喊：「我的乖曾孫，阿太動不了啦，阿太被困住了。」雖然第二週她就倔強地想落地走路，然而沒走幾步又摔倒了。她哭著叮囑我，要我常過來看她，從此每天依靠一把椅子支撐，慢慢挪到門口，坐在那兒，一整天等我的身影。我也時常往阿太家跑，特別是遇到事情的時候，總覺得和她坐在一起，有種說不出的安寧和踏實。

後來我上大學，再後來到外地工作，見她分外少了。然而每次遇到挫折，我總是請假往老家跑——一個重要的事情，就是去和阿太坐一個下午。雖然我說的苦惱，她不一定聽得懂，甚至不一定聽得到——她已經耳背了，但每次看到她不甚明白地笑，展開那歲月雕刻出的層層疊疊的皺紋，我就莫名其妙地釋然了許多。

知道阿太去世，是在很平常的一個早上。母親打電話給我，說你阿太走了。然後兩邊的人抱著電話一起哭。母親說阿太最後留了一句話給我：「黑狗達不准哭。死不就是腳一蹬的事情嘛，要是誠心想念我，我自然會去看你。因為從此之後，我已經沒有皮囊這個包袱。來去多方便。」

那一刻才明白阿太曾經對我說過的一句話，才明白阿太的生活觀：我們的生命本來多輕盈，都是被這肉體和各種欲望的污濁給拖住。阿太，我記住了。「肉體是拿來用的，不是拿來伺候的。」請一定來看望我。

母親的房子

母親很緊張地用力捏著那卷錢，臉上憋成了紅色，像是戰場上在做最後攻堅宣言的將軍。
「這附近沒有人建到四樓，我們建到了，就真的站起來了。」

母親還是決定要把房子修建完成，即使她心裡清楚，房子將可能在半年或者一年後被拆遷掉。

這個決定是在從鎮政府回家的路上做的。在陳列室裡，她看到那條用鉛筆繪製的、潦草而彆扭的線，像切豆腐一樣從這房子中間劈開。

她甚至聽得到聲音。不是「劈里啪啦」，而是「哐」一聲。那一聲巨大的一團，一直在她耳朵裡膨脹，以至於在回來的路上，她和我說她頭痛。

她說天氣太悶，她說走得太累了，她說冬天乾燥得太厲害。她問：「我能歇息嗎？」然後就靠著路邊的一座房子，頭朝向裡面，用手掩著臉不讓我看見。

我知道不關天氣，不關冬天，不關走路的事情。我知道她在那個角落拚命平復內心的波瀾。

這座四層樓的房子，從外觀上看，就知道不怎麼舒適。兩百平方米的地皮，朝北的前一百平方米建成了四層的樓房，後面潦草地接著的，是已經斑斑駁駁的老石板房。即使是北邊這佔地一百平方米的四層樓房，也可以清楚地看到，是幾次修建的結果：底下兩層是朝西的座向，還開了兩個大大的迎向道路的門——母親曾天真地以為能在這條小路做點小生意，上面兩層卻是朝南的座向，而且，沒有如同一二層鋪上土黃色的外牆瓷磚，磚頭和鋼筋水泥就這樣裸露在外面。

每次從工作的北京回到家，踏入小巷，遠遠看到這奇怪的房子，總會讓我想起珊瑚——一隻珊瑚蟲拚命往上長，死了變成下一隻珊瑚蟲的房子，用以支持牠繼續往上長。牠們的生命堆疊在一起，物化成那層層疊疊的軀殼。

有一段時間，遠在北京工作累了的我，習慣用GOOGLE地圖，不斷放大、放大，直至看到老家那屋子的輪廓。從一個藍色的星球不斷聚焦到這個點，看到它彆扭地窩在那。多少人每天從那條小道穿過，很多飛機載著來來往往的人的目光從那兒不經意地掠過，它奇怪的模樣甚至沒有讓人注意到，更別說停留。還有誰會在乎裡面發生的於我來說撕心裂肺的事情。就像生態魚缸裡的珊瑚礁，安放在箱底，為那群斑斕的魚做安靜陪襯，誰也不會在意渺小但同樣驚心動魄的死亡和傳承。

母親講過太多次這塊地的故事。那年她二十四歲，父親二十七歲。兩個人在媒人的介紹下，各自害羞地瞄了一眼，彼此下半輩子的事情就這麼定了。父親的父親是個田地被政府收回而自暴自棄的浪蕩子，因為吸食鴉片，早早地把家庭拖入了困境。十幾歲的父親和他的其他兄弟一樣，結婚都得靠自己。當時他沒房沒錢，第一次約會只是拉著母親來到這塊地，說，我會把這塊地買下來，然後蓋一座大房子。

母親相信了。

買下這塊地是他們結婚三年後的事情。父親把多年積攢的錢加上母親稀少的嫁妝湊在一起，終於把地買下。地有了，建房子還要一筆花費。當時還兼職混黑社會的父親，正處於天不怕地不怕的年紀，拍拍胸膛到處找人舉債，總算建起了前面那一百多平方米，留下偏房的位置，說以後再修。

父親不算食言——母親總三不五時回憶這段故事，這幾乎是父親最輝煌的時刻。

她會回憶自己如何發愁欠著的幾千塊巨款，而父親一臉不屑的樣子，說，錢還不容易。母親每每回憶起這段總是要繪聲繪色，然後說，那時候你父親真是男子漢。

但男人終究是膽小的，天不怕地不怕只是還不開竅還不知道怕——母親後來幾次這麼調侃父親。

第二年，父親有了我這個兒子，把我抱在手上那個晚上據說就失眠了。第二天一早六七點就搖醒我母親，說，我怎麼心裡很慌。

愁眉苦臉的人換成是父親了。在醫院的那兩天他愁到飯量急劇下降。母親已經體驗到這男人的脆弱。第三天，因為沒錢交住院費，母親被趕出了醫院。

前面有個姊姊，我算第二個孩子，這在當時已經超生，因而母親是跑到遙遠的廈門生下我。從廈門回老家還要搭車。因為超生的這個孩子，回家後父親的公職可能要被辭掉。從醫院出來，父親抱著我，母親一個人拖著剛生育完的虛弱身體，沒錢的兩個人一聲不吭地一步步往公路挪，不知道怎麼回到小鎮上的家。

走到一個湖邊，父親停下來，迷惘地看著那片湖，轉過頭問，我們回得了家嗎？

母親已經疼痛到有點虛脫了，她勉強笑了笑說，再走幾步看看，老天爺總會給路的。

父親走了幾步又轉過頭問，我們真的回得了家嗎？

再走幾步看看。

一個路口拐過去，竟然撞上一個來廈門補貨的老鄉。

「再走幾步看看。」這句話母親自說出第一次後，就開始不斷地用它來鼓勵她一輩子要依靠的這個男人。

公職果然被開除了，還罰了三年的糧食配給，內心虛弱的父親一脆弱，乾脆把自己關家裡不出去尋找工作。母親不吭聲，一個人到處找活幹——縫紉衣服、紡織、包裝。燒火的煤是她偷鄰居的，下飯的魚是她到街上找親戚討的。她不安慰父親，也不向他發火，默默地撐了三年。直到三年後某一天，父親如往常一樣慢悠悠走到大門邊，打開門，是母親種的蔬菜、養的雞鴨。父親轉過身對母親說：「我去找下工作。」然後一個月後，他去寧波當了海員。

過了三年，父親帶著一筆錢回到了老家，在這塊地上終於建成了一座完整的石板房。

父親花了好多錢，雇來石匠，把自己和母親的名字，編成一副對聯，刻在石門上，雕花刻鳥。他讓工匠瞞著母親，把石門運到工地的時候還特意用紅布蓋著，直到裝上大門宣佈落成那刻，父親把紅布一扯，母親這才看到，她與父親的名字就這樣命名了這座房子。

當時我六歲，就看到母親盯著門聯杵著嘴，一句話都沒說。幾步開外的父親，站到一旁得意地看著。

第二天辦落成酒席，在喧鬧的祝福聲中，父親宣佈了另一個事情：他不回寧波了。

酒桌上，親戚們都來勸，在他們看來，這是一個難得的工作：比老家一般工作多幾倍的工資，偶爾會有跑關係的商家塞錢。父親不解釋，一直揮手說反正不去了。親戚來拉母親去勸，母親淡淡地說，他不說就別問了。

後來父親果然沒回寧波了，拿著此前在寧波攢的錢，開過酒店、海鮮館、加油站，生意越做越小，每失敗一次，父親就像褪一層皮一樣，變得越發邋遢、焦慮、沉默。然後在我讀高二的時候，父親一次午睡完準備要去開店，突然一個跌倒，倒在天井裡。父親中風了。

也是直到父親中風住院，隔天要手術了，躺在病床上，母親這才開口問：「你當時在寧波是不是有什麼事情處理不來，乾脆躲了吧？」

父親笑開了滿口因為抽菸而黑的牙齒。

「我就知道。」母親淡淡地說。

父親當年建成的那座石板房子，如今只剩下南邊的那一片了。

每次回家，我都到南邊那石板老房走走。拆掉的是北邊的主房，現在留下沒完成拆建的部分，就是父親生病長期居住的左偏房，和姊姊出嫁前住的右偏房。在左偏房裡，父親完成了兩次中風，最終塑造出離世前那左半身癱瘓的模樣。而在右偏房，姊姊哭著和我說，當時窘迫的家出不起太多嫁妝，她已經認定自己要嫁一個窮苦的人家，從此和一些家裡比較有錢的朋友，斷了聯繫。

我記得她說那句話的那個晚上。她和當時的男友出去不到一刻鐘就回來了。進了房間，躲著父母，一聲不吭地把我拉到一邊，臉漲得通紅，眼眶盈滿了淚，卻始終不讓其中任何一滴流出來。平復了許久，她開口了：「答應我，從此別問這個人的任何事情。如果父母問，你也攔住不要讓他們再說。」

我點點頭。

直到多年後我才知道，當時他問我姊：「你家出得起多少嫁妝？」

那舊房子，母親後來租給了一個外來的務工家庭。一個月一百五十元，十年了，從來沒漲過價錢。那狹小的空間住了兩個家庭，共六個人一條狗，擁擠得看不到太多這房子舊日的痕跡。

一開始我幾次進入那房子，想尋找一些東西。中風偏癱的父親有次摔倒在地上留下的血斑，已經被他們做飯的油污蓋住了，而那個小時候父親精心打造給我作為小樂園的樓梯間，現在全是雜物。

母親有意無意，也經常往這裡跑。

我看著這樣的母親，心裡想，母親出租給他們家，只是因為，他們家擁擠到足夠佔據這個對她來說充滿情感同時又有許多傷感的空間。

別人的生活就這麼淺淺地敷在上面——這是母親尋找到的與它相處的最好距離。

其實，母親現在居住的這四層小樓房，於我是陌生的。

這是我讀高三的時候修建的。那也是父親生病第二年。母親把我叫到她房裡，打開中間抽屜，抽出一卷錢。她說我們有十萬了。那是她做生意，姊姊做會計，我高中主編書以及做家教的收入。她說你是一家之主，你決定怎麼用。我想都沒想，說存起來啊。

在那兩年裡，母親每天晚上八九點就要急急忙忙地拿著一個編織袋出趟門，回來時我會聽到後院裡她扔了什麼東西，然後一個人走進來，假裝每天這麼準時地出入一點都不奇怪。其實當時我和姊姊也是裝作不知道，但心裡早清楚，母親是在那個時間背著我們到菜市場撿人家不要的菜葉，隔天加上四顆肉丸就是一家人一頓飯的所有配菜。

她偷偷地出去，悄然把菜扔在後院，第二天她把這些菜清洗乾淨，去除掉那些爛掉的部分，體面地放置在餐桌上。我們誰也沒說破，因為我們都知道，自己承受不了說破後的結果。

然而那個晚上，拿著那十萬，她說，我要建房子。

「你父親生病前就想要建房子，所以我要建房子。」這是她的理由。

「但父親還需要醫藥費。」

「我要建房子。」

她像商場裡看到心愛的玩具就不肯挪動身體的小女孩，倔強地重複她的渴望。

我點點頭。雖然明白，那意味著「不明來路」的菜葉還需要吃一段時間，但我也在那一刻想起來，好幾次一些親戚遠遠見到我們就從另一個小巷拐走，和母親去祠堂祭祀時，總有些人都當我們不存在。

我知道這房子是母親的宣言。以建築的形式，驕傲地立在那。

滿打滿算，錢只夠拆掉一半，然後建小小的兩層。小學肄業的母親，自己畫好了設計圖，挑好日子，已經是我高考前的兩週。從醫院回來，父親和母親就住到了左偏房。到了適婚年齡的姊姊從小就一直住在右偏房。舊房子決定要拆了，我無房可住，就搬到了學校的宿舍。

舊房子拆的前一週，母親「慷慨」地買了一串一千響的大鞭炮，每天看到陽光出來，就擺到屋頂上去曬太陽。她說，曬太陽會讓聲音更大更亮。偏偏夏日常莫名其妙地大雨，那幾個下午，每次天滴了幾滴水，母親就撒開腿往家裡跑，把鞭炮搶救到樓下，用吹風機輕輕吹暖它，像照顧新生兒一般呵護。

終於到拆遷的時刻了，建築師傅象徵性地向牆面錘了一下。動土了。在鄰里的注視下，母親走到路中間，輕緩地展開那長長的鞭炮，然後，點燃。

聲音果然很響，鞭炮爆炸產生的青煙和塵土一起揚起來，瀰漫了整個巷子。我聽到母親在我身旁深深地、長長地透了口氣。

建房子絕不是省心的事，特別對於拮据的我們。為了省錢，母親邊看管加油站，邊幫手做小工。八十多斤的她在加油站搬完油桶，又趕到工地顫顫悠悠地挑起那疊起來一人高的磚。收拾完，還得馬上去伺候父親。

我不放心這樣的母親，每天下課就趕到工地。看她汗濕透了全身，卻一直都邊忙邊笑著。幾次累到坐在地上，嘴巴喘著粗氣，卻還是合不上地笑。

看到有人路過工地，她無論多喘都要趕忙站起身過來說話：「都是我兒子想翻蓋新房，我都說不用了，他卻很堅持，沒辦法，但孩子有志氣，我也要支持。」

擔心的事情終於發生了，我高考前一週的那個下午，她捂著肚子，在工地昏倒了。到醫院一查：急性盲腸炎。

我趕到醫院，她已經做完盲腸手術。二樓的住院部病床上，她半躺在那兒，見我進來就先笑：「房子已經在打地基了？」她怕我著急到兇她。

我還是想發脾氣，卻聽到走廊裡一個人拄著拐杖拖著步子走的聲音，還帶著重重的喘氣聲。是父親。他知道母親出事後，就開始出發，拄著拐杖挪了三四個小時，挪到大馬路上，自己雇了車，才到了這家醫院。

現在他拄著拐杖一點點一點點挪進來，小心翼翼地把自己安排到旁邊的病床上，如釋重負地一坐。氣還喘著，眼睛直直盯著母親，問：「沒事吧？」

母親點點頭。

父親的嘴不斷撇著，氣不斷喘著，又問了句：「沒事吧？」眼眶紅著。「真的沒事？」他嘴巴不斷撇著，像是抑制不住情緒的小孩。

我在旁，一句話都說不出來。

房子建了將近半年，落成的時候，我都上大學了。那房子最終的造價還是超標了，我只聽母親說找三姨和二伯借了錢，然而借了多少她一句話都不說。我還知道，連做大門的錢也都是向木匠師傅欠著的。每週她清點完加油站的生意，抽出賺來的錢，就一戶戶一點點地還。

然而，母親還是決定在搬新家的時候，按照老家習俗宴請親戚。這又折騰了一萬多。

那一晚她笑得很開心，等賓客散去，她讓我和姊姊幫忙整理那些可以回鍋的東西——我知道將近一週，這個家庭的全部食物就是這些了。

抱怨從姊姊那開始的：「為什麼要亂花錢？」

母親不說話，一直埋頭收拾，我也忍不住了：「明年大學的學費還不知道在哪呢？」

「你怎麼這麼愛面子，考慮過父親的病，考慮過弟弟的學費嗎？」姊姊著急得哭了。

母親沉默了很久，姊姊還在哭，她轉過身來，聲音突然大了：「人活著就是為了一口氣，這口氣比什麼都值得。」這是母親在父親中風後，第一次對我們倆發火。

平時在報社兼職，寒暑假還接補習班老師的工作，這老家的新房子對我來說，就是偶爾居住的旅社。

一開始父親對這房子很滿意。偏癱的他，每天拄著拐杖坐到門口，對過往的認識不認識的人說，我們家黃臉婆很厲害。

然而不知道聽了誰的話，不到一週，父親開始說：「就是我家黃臉婆不給我錢醫病，愛慕虛榮給兒子建房子，才讓我到現在還是走不動。」

母親每次進進出出，聽到父親那惡毒的指責，一直當作沒聽見。但小鎮上，各種傳言因為一個殘疾人的控訴而更加激烈。

一個晚上，三姨叫我趕緊從大學回老家——母親突然在下午打電話給她，交代了一些莫名其妙的話：「你交代黑狗達，現在欠人的錢，基本還清了，就木匠蔡那還有三千，無論發生什麼事情怎麼樣都一定要還，人家是幫助我們。他父親每天七點一定要吃幫助心臟搏動的藥，記得家裡每次都要多準備至少一個月的量，每天無論發生什麼事情，一定要盯著他吃；他姊姊的嫁妝其實我存了一些金子，還有我的首飾，剩下的希望她自己努力了。」

我趕到家，看到她面前擺了一碗瘦肉人參湯——這是她最喜歡吃的湯。每次感覺到身體不舒服，她就清燉這麼一個湯，出於心理或者實際的藥理，第二天就又全恢復了。

知道我進門，她也不問。

「你在幹麼？」先開口的是我。

她說：「我在準備喝湯。」

我看那湯，濃稠得和以前很不一樣，猜出了大概。走上前把湯端走。

我和她都心照不宣。

我正把湯倒進下水道裡，她突然號啕大哭：「我還是不甘心，好不容易都到這一步了，就這麼放棄，這麼放棄太丟人了，我不甘心。」

那一晚，深藏於母親和我心裡的共同祕密被揭開了——在家裡最困難的時候，想一死了之的念頭一直像幽靈般纏繞著我們，但我們彼此都沒說出過那個字。

我們都怕彼此脆弱。

但那一天，這幽靈現身了。

母親帶我默默上了二樓，進了他們的房間。吃飽飯的父親已經睡著了，還發出那孩子一般的打呼聲。母親打開抽屜，掏出一個盒子，盒子打開，是用絲巾包著的一個紙包。

那是老鼠藥。

在父親的打呼聲中，她平靜地和我說：「你爸生病之後我就買了，好幾次我覺得熬不過去，掏出來，想往菜湯裡加，幾次不甘願，我又放回去了。我還是不甘心，我還是不服氣，我不相信咱們就不能好起來。」

那晚，我要母親同意，既然我是一家之主，即使是自殺這樣的事情也要我同意。她答應了，這才像個孩子一樣，坐在旁邊哭起來。

我拿著那包藥，我覺得，我是真正的一家之主了。

當然，我顯然是個稚嫩的一家之主。那包藥，第二週在父親亂發脾氣的時候就暴露了。我掏出來，大喊要不全家一起死了算了。全家人都愣住了。母親搶過去，生氣地瞪了我一下，又收進自己的兜裡。

接下來的日子，這個暴露的祕密反而成了一個很好的防線。每次家裡發生些相互埋怨的事情，母親會一聲不吭地往樓上自己的房間走去，大家就都安靜了。我知道，那刻，大家腦海裡本來佔滿的怒氣慢慢消退，是否真的要一起死，以及為彼此考慮的各種想法開始浮現。怒氣也就這麼消停了。

這藥反而醫治了這個因殘疾因貧窮而充滿怒氣和怨氣的家庭。

大三暑假的一個晚上，母親又把我叫進房間，抽出一卷錢。

我們再建兩層好不好？

我又想氣又想笑。這三年好不容易還清了欠款，扛過幾次差點交不出學費的窘境，母親又來了。

母親很緊張地用力捏著那卷錢，臉上憋成了紅色，像是戰場上在做最後攻堅宣言的將軍。「這附近沒有人建到四樓，我們建到了，就真的站起來了。」

我才知道，母親比我想像的還要倔強，還要傲氣。

我知道我不能說不。

果然，房子建到第四層後，小鎮一片譁然。建成的第一天，落成的鞭炮一放，母親特意扶著父親到市場裡去走一圈。

邊走邊和周圍的人炫耀：「你們等著，再過幾年，我和我兒子會把前面的也拆了，圍成小庭院，外裝修全部弄好，到時候邀請你們來看看。」一旁的父親也用偏癱的舌頭幫腔：「到時候來看看啊。」

然後第二年，父親突然去世。

然後，再過了兩年，她在鎮政府的公示欄上看到那條線，從這房子的中間切了下來。

「我們還是把房子建完整好不好？」在鎮政府回來的那條路上，母親突然轉過身來問。

我說：「好啊。」

她嘗試解釋：「我是不是很任性，這房子馬上要拆了，多建多花錢。我不知道自己為什麼一定要建好。」

她止不住號啕大哭起來：「我只知道，如果這房子沒建起來，我一輩子都不會開心，無論住什麼房子，過多好的生活。」

回到家，吃過晚飯，看了會兒電視，母親早早躺下了。她從內心裡透出累。我卻怎麼樣也睡不著，一個人爬起床，打開這房子所有的燈，這幾年來才第一次認真地一點一點地看，這房子的一切。像看一個熟悉卻陌生的親人，它的皺紋、它的壽斑、它的傷痕。

三樓四樓修建得很潦草，沒有母親為父親特意設置的扶手，沒有擺放多少家具，建完後其實一直空置著，直到父親去世後，母親從二樓急急忙忙搬上來，也把我的房間安置在四樓。有段時間，她甚至不願意走進二樓。

二樓第一間房原來是父親和母親住的，緊挨著的另外一間房間是我住的，然後隔著一個廳，是姊姊的房間。面積不大，就一百平方米不到，扣除了一條樓梯一個陽臺，還要隔三間房，偏癱的父親常常騰挪不及，罵母親設計得不合理。母親每次都會回：「我小學都沒畢業，你當我建築師啊？」

走進去，果然可以看到，那牆體，有拐杖倚靠著磨出來的刮痕。打開第一間的房門，房間還瀰漫著淡淡的父親的氣息。那個曾經安放存款和老鼠藥的木桌還在，木桌斑斑駁駁，是父親好幾次發脾氣用拐杖砸的。只是中間的抽屜還是被母親鎖著。我不知道此時鎖著的是什麼樣的東西。

我不想打開燈，坐在椅子上看著父親曾睡過的地方，想起幾次他生病躺在那的樣子，突然想起小時候喜歡躺在他肚皮上。

這個想法讓我不由自主地躺到了那床上，感覺父親的氣味把我包裹。淡淡的月光從窗戶透進來，我才發覺父親的床頭貼著一張我好幾年前照的大頭貼，翻起身來看，那大頭貼，在我臉部的位置發白得很奇怪。再一細看，才察覺，那是父親用手每天摸白了。

我繼續躺在那位置把號啕大哭憋在嘴裡，不讓樓上的母親聽見。等把所有哭聲吞進肚子裡，我倉促地逃離二樓，草草結束了這趟可怕的探險。

第二天母親早早把我叫醒了。她發現了扛著測量儀器的政府測繪隊伍，緊張地把我拉起來——就如同以前父親跌倒，她緊急把我叫起來那無助的樣子。

我們倆隔著窗子，看他們一會兒架開儀器，不斷瞄準著什麼，一會兒快速地寫下數據。母親對我說：「看來我們還是抓緊時間把房子修好吧。」

那個下午，母親就著急去拜訪三伯了。自從父親去世後，整個家庭的事情，她都習慣和三伯商量，還有，三伯認識很多建築工隊，能拿到比較好的價錢。

待在家裡的我一直心神不寧，憋悶得慌，一個人爬到了四樓的頂上。我家建在小鎮的高地，從這房子的四樓，可以看到整個小鎮在視線下展開。

那天下午我才第一次發現，整個小鎮遍佈著工地，它們就像是一個個正在發膿的傷口，而挖出的紅土，血一般地紅。東邊一條正在修建的公路，像隻巨獸，一路吞噬過來，而它挪動過的地方，到處是拆掉了一半的房子。這些房子外面佈著木架和防塵網，就像包紮的紗布。我知道，還有更多條線已經劃定在一座座房子上空，只是還沒落下，等到明後年，這片土地將皮開肉綻。

我想像著，那一座座房子裡住著的不同故事，多少人過去的影子在這裡影影綽綽，昨日的悲與喜還在那停留，想像著，它們終究變成的一片塵土飛揚的廢墟。

我知道，其實自己的內心也如同這小鎮一樣：以發展、以未來、以更美好的名義，內心的各種秩序被太倉促太輕易地重新規劃，摧毀，重新建起，然後我再也回不去，無論是現實的小鎮，還是內心裡以前曾認定的種種美好。

晚上三伯回訪。母親以為是找到施工隊，興奮地迎上去。

泡了茶慢慢品玩，三伯開口：「其實我反對建房子。」

母親想解釋什麼。三伯攔住了，突然發火：「我就不理解了，以前要建房子，你當時說為了黑狗達為了這個家的臉面，我可以理解，但現在圖什麼？」

我想幫母親解釋什麼，三伯還是不讓：「總之我反對，你們別說了。」

然後開始和我建議在北京買房的事。「你不要那麼自私，你要為你兒子考慮。」

母親臉憋得通紅，強忍著情緒。

三伯反而覺得不自在了：「要不你說說你的想法。」

母親卻說不出話了。

我接過話來：「其實是我想修建的。」

我沒說出口的話還有：其實我理解母親了，在她的認定裡，一家之主從來是父親，無論他是殘疾還是健全，他發起了這個家庭。

事實上，直到母親堅持要建好這房子的那一刻，我才明白過來，前兩次建房子，為的不是她或者我的臉面，而是父親的臉面——她想讓父親發起的這個家庭看上去是那麼健全和完整。

這是母親從沒表達過，也不可能說出口的愛情。

在我的堅持下，三伯雖然不理解，但決定尊重這個決定。我知道他其實考慮的是我以後實際要面對的問題，我也實在無法和他解釋清楚這個看上去荒誕的決定——建一座馬上要被拆除的房子。

母親開始奔走，和三伯挑選施工隊，挑選施工日期。最終從神佛那問來的動土的日子，是在一個星期後——那時我已經必須返回北京上班了。

回北京的前一天下午，我帶著母親到銀行提錢。和貧窮纏鬥了這大半輩子，即使是從銀行提取出來的錢，她還是要坐在那一張張反覆地數。清點完，她把錢摟在胸前，像懷抱著一個新生兒一樣，小心翼翼地往家裡走。

這本應該興奮的時刻，她卻一路的滿腹心事。到了家門口，她終於開了口：「兒子我對不起你，這樣你就不夠錢在北京買房子了吧。」

我只能笑。

又走了幾步路，母親終於鼓起勇氣和我說了另外一個事情：「有個事情我怕你生氣，但我很想你能答應我。老家的房子最重要是門口那塊奠基的石頭，你介意這房子的建造者打的是你父親的名字嗎？」

「我不介意。」我假裝冷靜地說著，心裡為被印證的某些事，又觸動到差點沒忍住眼淚。

「其實我覺得大門還是要放老房子父親做的那對，寫有你們倆名字的對聯。」

然後，我看見那笑容就這麼一點點地在她臉上綻放開，這滿是皺紋的臉突然透出羞澀的容光。我像摸小孩一樣，摸摸母親的頭，心裡想，這可愛的母親啊。

同事的邀約，春節第一天準時上班的人一起吃飯慶祝。那個嘈雜的餐廳，每個人說著春節回家的種種故事：排隊兩天買到的票、回去後的陌生和不習慣、與父母說不上話的失落和隔閡……然後有人提議說，為大家共同的遙遠的故鄉舉杯。

我舉起杯，心裡想著，用盡各種辦法讓自己快樂吧，你們這群無家可歸的孤魂野鬼。

然後獨自慶幸地想，我的母親以及正在修建的那座房子。

我知道，即使那房子終究被拆了，即使我有一段時間裡買不起北京的房子，但我知道，我這一輩子，都有家可回。

殘疾

他躺在地上，掙扎著要爬起來。我衝上前要扶起他，他顯然還有怒氣，一把把我推開。繼續一個人在那掙扎，掙扎，終於癱坐在那地方了。

把包著米的金紙點燃在地上，由兩個堂哥抬著他跨過那簇火苗——據說用這麼個儀式，靈魂就被洗滌乾淨了，噩運和污穢被阻擋在門外——就這樣，中風出院的父親回到家。時間是晚上的十點。

按照閩南的風俗習慣，裡裡外外的親戚第一時間排著隊前來探望，每個人拎著他們自認為對父親有好處的營養品，說著覺得能幫到父親的話——有的人和他一起回憶當年混江湖的彪炳戰績，有的人再次向他感謝某次落難父親如何幫忙，幾個女親戚一進房門抱著父親就哭。

他倒是超然，對著安慰的人一副無所謂的樣子，和那些吹牛臭屁的人爭執誰當時的功勞大，對抱著哭的人則著急地罵：「這不回來了，小問題，哭什麼？」

然而他的舌頭癱了一半，很多人聽來，他只是激動地說些笨重的音符，然後看著他笑開那嘴被菸塗黑的牙，大家跟著笑了。

看上去不錯的開始。

折騰到一點多，人潮終於散去，父親這才露出真實、窘迫的樣子。母親和我費力地抬他去上廁所，兩個人如同扛巨大的家具進房門一樣，騰挪不及，氣喘吁吁。

母親中間兩次停下來，笑著說，你看他這段時間在醫院如何享的清福，竟然重了許多。而我心裡想的則是，每天需要上多少次廁所，每次都需要這麼折騰。我開始掂量著，即將到來的生活是什麼。

好不容易把父親折騰回床，似乎到了不得不聊天的時間，氣氛卻愈加緊繃。

在父親到泉州、福州住院的這三個月，除了假期的探望，我已經好久沒見父親。當他被堂哥們扛著從車裡出來的時候，我覺得說不出的陌生：手術的需要，頭髮被剪短了，身體像被放掉氣的氣球，均勻地乾癟下去——說不出哪裡瘦了，但就感覺，他被疾病剃掉了整整一圈。

從他回來，到他開始「接待」訪客的那兩個小時，我一直看著這個近乎陌生的父親：他的背似乎被壓彎了，癱瘓的左半舌頭讓他說話含混笨拙，沒說幾句話就喘。我開始搜索記憶中的那個父親，那個講話很大聲，動不動髒話滿口，在親戚面前要擺一副江湖大佬樣子的父親，卻一直找不到。

是他先開的口，嘴裡混濁的一聲——「你好吧？」

我點點頭。

他先笑了：「沒事，過一個月就可以像從前那樣了。」

我點點頭，張了張口，實在不知道要怎麼回答。我心裡清楚那是不可能的事情了。

「摩托車這麼久沒騎，還在吧。等我好了，再給你買一輛，我載著你母親，你帶你姊姊，我們一起沿著海邊兜風去。」

那是我們全家唯一一次的集體出遊。父親還想回到過去，回到他還是家庭頂樑柱的那個過去。

然而第二天一早，他就摔倒了。

當時母親去買菜，我聽到沉悶的一聲，跳下床，趕到他房間時，他正倒在地上，手足無措得像個小孩。見到我，著急解釋，他誤以為自己還是以前的那個人，早上想馬上坐直身，起床，一不小心，偏癱的左側身體跟不上動作，整個人就這樣被自己摔在地上。說著說著，我看見憋不住的淚珠就在他眼眶裡打轉。

他不習慣自己的身體，我不習慣看他哭。我別過頭假裝沒看見他的狼狽，死命去拖他。當時一百斤左右的我，怎麼用力也拖不起一百六十多斤的他。他也死命地出力，想幫自己的兒子一把，終於還是失敗。

他和我同時真切地感受到，疾病在他身上堆積的重量。他笑著說：「我太胖了，幾個月不動就胖了，你別著急，我慢慢來適應。」

他小心地支起右腿，然後摸索著該有的平衡，用力一站，整個人是立起來了，卻像倒塌的房屋一樣，直直往右邊傾倒。

我恐慌地衝上前，扛住他的右身，但他的體重獲勝了，他和我再次摔倒在地上。

這對氣喘吁吁的父子倆癱坐在地上，好久都沒說一句話，好久都說不出一句話。

最後，是父親掙扎著調動臉上的肌肉對我笑，但爬到他臉上的滋味太多了，那個笑，終於扭曲成一個我描述不出的表情。

我因此開始想像，當自己駕馭不了身體的時候，到底是怎麼樣的境況。我覺得有必要體驗到其中種種感受，才能照顧好這樣的父親。

我會突然在笑的時候，想像自己左臉無法調動，看著別人驚異的眼神，我體會到窘迫、羞愧，也演練了如何接受或化解這尷尬。走路到一半的時候，我會突然想像自己抬不動左腿，拿筷子夾菜的時候，想像自己的力量完全無法抵達手指頭。因而在那段時間裡，我常常莫名其妙地摔跤。摔出的一個個瘀青，攀爬在身體上，疼疼的，麻麻的，我又會突然想，父親的左身，連這個都感覺不到。

在父親剛回家的那幾天，家庭的所有成員似乎都意識到，自己是在配合演一齣戲碼。戲碼的劇本不知道，但中心主旨是傳達一種樂觀，一種對彼此對未來的信心。揣摩各自的角色和準確的臺詞。

母親應該是個堅毅的女人，父親大小便在床上時，她捏著嗓子笑著說，你看，你怎麼像小孩了。自己倉促地笑完，轉身到小巷裡一個人黯然地處理床單。這個笑話很不好笑，但她必須說。說完之後，一個人去看守那個已經停業很久的加油站——那是全家人的生計。

姊姊是個乖巧的女兒，她一直守在父親身邊，按照她所能想像的一切努力履行職責——餵父親吃飯、幫父親按摩麻痺的半身、幫忙做飯。父親的職位暫時空缺，母親填補了他的工作，而姊姊也要成長到接受另外的要求。

而我，我知道自己應該是準一家之主了。像一個急需選票的政客一樣，要馬上察覺這幾個人的各種細膩表情，以及各種表情背後的真實心境，然後很準確地分配精力，出現在他們的身邊，有時，為他們快速拍板一個決定，這決定還必須配合慷慨有力的腔調，像唸臺詞一樣，字正腔圓地說出來。

這樣的戲碼，我們自己都察覺到，如果突然跳脫出來看，該是多麼地不自然、蹩腳甚至可笑。作為不專業的演員，我們越來越難以投入，慢慢有不想演下去的不耐煩。

更重要的是，唯一的觀眾——生活，從來就不是個太好的觀看者，它像一個苛刻的導演，用一個個現實對我們指手畫腳，甚至加進很多戲碼，似乎想幫助我們找到各自對的狀態。

母親一個人在倒騰油桶的時候摔倒了，以前都是她協助父親，把這幾百斤的油桶放橫，推到合適的地方儲存，她用九十斤不到的身軀不斷地推，卻絲毫不能挪動半寸。那天下課，我一如前幾天先是到加油站，卻見她坐在滿是油污的泥地裡，一個人嗚嗚地哭。我實在不知道我最合適的臺詞是什麼，假裝沒看見，倉皇地逃回家裡。

姊姊做飯慢了點，和自己身體發脾氣的父親兇了她一聲，她一看到我回家，把我拉到一旁，嘟著嘴，什麼話都說不出來。

最終把這戲碼戳破的還是父親。那是他回到家的第二週，他無數次試探自己的身體，反覆挫敗。那天蓬頭垢臉的母親一聲不吭地拿來拐杖放到他身邊，他看著拐杖，明白自己以後的生活，氣急敗壞地拿起拐杖往母親身上一打。

感謝父親偏癱的另外一半，他瞄得不太準，拐杖只是擦過母親的頭，但她頭上已滲出一大塊瘀血，倒在地上。

然後是姊姊的尖叫、我的發怒、父親的歇斯底里，最後是全家人的抱頭痛哭。

「很爛的劇情吧？」把母親扶上床，把姊姊安撫好，又和她一起完成了對父親的餵養和身體清洗，把他扶回房。關門的時候，我對著空氣這麼問。

我不知道自己是在問誰，我老覺得有雙眼睛在看著這一切，然後我問了第二句：「故事到底要怎麼走？」

當然沒有人回答。

父親以為自己找到方法了。我知道，他內心裡已經編制了一套邏輯，按照這套邏輯，他最終能重新找回自己的身體，重新扮演好曾經做得很好的父親那個角色。

我也知道，這套邏輯，最後的終點必然是不可能完成的——父親是因為心臟瓣膜脫落引發腦栓塞兩次，家族內內外外的親戚，把能問的醫生都問過了，這堵塞在父親腦子裡的那塊細小的瓣膜，不可能被消解，也不能用猛藥一沖——如果沖到其他腦部部位，堵塞的是其他東西，又會造成另外部位的癱瘓。他不可能找回自己的身體了。這個殘酷的答案我心裡很清楚。

我特意到圖書館查找了瓣膜的樣子，它小小的，在你的心臟裡一張一合，像一條魚的嘴。就是這麼一個小東西，它現在關住了父親的左半身。

我還知道，這套邏輯父親實踐越久，越努力堅持，最後觸礁的那個烈度就越大。但我不敢拆解父親這套邏輯，因為，我實在找不到其他辦法。

總得有個人提供一套希望的邏輯，讓全家進行下去。

那時即將入秋，有天晚上，他興奮地拉住我講，他明白過來了，自己的左半身就是脈絡不通。「我不斷活動，活血沖死血，沖到最後，我的另一半會活過來的。」我表演得很好，他相信我非常認可他這個想像。

在這個想像下，他可以接受拐杖作為暫時的幫助。他第一天試驗，從家裡走到彎道市場要多久，走到來不及回來吃午飯，最後是我們三個人兵分三路，拿著飯，終於在不遠的拐角處找到他——我走過去大概二十分鐘，卻是他一早七點多拚命挪動到下午一點的結果。

但他卻覺得這是個好的開始。「起碼我知道現在的起點了。」他和我說。

第三天，他的整體方案出來了：早上八點出發，走到那個小巷的盡頭折回來，這樣他可以趕在十二點回來吃飯，吃完飯，休息一個小時，大概一點半出發，走到更遠的彎道市場，然後他可以在晚飯七點鐘趕回來。晚上則是在家裡，堅持站立，訓練抬左腳。

我至今感謝父親的堅強，那幾乎是最快樂的時光。雖然或許結局注定是悲劇，但一家人都樂於享受父親建立的這虛幻的秩序。

每天母親嚴格按照父親列的時間表，為他準備好三餐，並且按照他希望的，每餐要有蛋和肉——這是長力氣的。他常常說，以前當海員扛一兩百斤貨物沒力氣的時候，吃了肉和蛋，就馬上扛得起了。現在他想扛起自己。

每天晚上所有人回到家，都會陪他一起做抬左腳的運動。這運動經常以家庭四人比賽的方式進行，我們都有意無意地讓他贏，然後大家在慶祝聲中，疲倦但美好地睡去。

我們享受這種快樂，因為這是唯一的快樂了。父親心臟手術一次，中風兩次，住院四次，即使有親戚的幫助，再殷實的家底也空了。

留下來的加油站，錯過了歸順中石油的良好時機。父親生病前，對方提出合作，最終因父親的病痛擱置了——也錯過了進一步的擴建和升級，競爭力明顯不行了。小鎮的人，從內心裡會更喜歡入海口那個面積很大，設備很好，還有送口香糖和飲料的大加油站。

為了生計，加油站還是必須開張。母親唯一依靠的，是她的好人緣。她有種力量，不卑不亢卻和藹可親，讓人感覺是一個有主見的老好人。這讓許多鄉鄰願意找她聊聊天，順便加油。

刻意和不刻意，附近的街坊約定著，無論入海口那加油站有多好，必然要到我家那小店來加油，雖然這裡加油還是全人工，雖然母親算數實在太差，算不好一百扣去六十二要找多少錢，而且常常不在——經常要趕回家為父親準備各種藥物、食物，洗衣服，但街坊寧願在那等著。

姊姊和我後來也去加油站幫忙。每天母親做飯，我和姊姊先去抽油——就是把一些油裝在大可樂瓶裡，摩托車來加油，一瓶就夠；抽完油，我們把需要挪的油桶挪好，盡量幫母親處理好一些重活。

然而，重活還是有的，比如那種大機板車，每次加油要一整個小桶。這對我家來說是大生意，但對母親來說是過重的負擔。有次她抬那油桶，抬到一半坐到地上偷偷哭起來，車主那六十多歲的母親看不過去，也過來幫忙，搞得全身是油污。後來在彼此的默契下，機板車慢慢把時間調到五點半過後來加油，那意味著，我和姊姊可以幫忙了。

傍晚母親、我和姊姊一起扛油桶，回家和父親一起做抬左腿運動，每晚睡覺幾乎都是自己昏睡過去的，但嘴角還留有笑容。

我投入到似乎都忘記，那終點注定是失敗，注定是一場無法承受的劇痛。

但至少，這樣的日子下來，家裡竟然有點儲蓄了。這讓我們放鬆許多，在此之前，我們可以感覺到，沒錢帶來的不僅是生活的困頓，還有別人有意無意的疏遠和躲避——即使心再好，誰都怕被拖累。

而這種眼神對母親又刺激極大。

母親是個極硬氣的人，她若察覺到別人對她一絲的同情，就會惡狠狠地拒絕別人的好意，也有些人擺著施捨的姿態前來加油，這反而激起母親那毫不客氣的反擊。

有次進門，看到母親恐慌地躲回家裡。她惶恐不安地和我說，剛有個男的開著小汽車來加油，一下車就問你父親好不好，我說很好啊，他嘿嘿笑了一聲，說他以前曾混在你父親底下的小幫派，時移世易，人生難料，他指著自己的車，說，你看，一個這樣，一個那樣。

母親氣急了，把油桶往地上一扔，說，這油不加了。

那男的也被激怒了，大聲兇，我是幫你們，還這麼不知好歹。

氣急的母親，從路旁拾起一塊石頭，想都沒想就往那車上扔。哐當，石頭在車上砸出了一條痕。那男人氣急敗壞地追上來，母親轉身就跑，跑到一個地方，淚已經糊了臉，拿起另一塊石頭，追回去，往那男人一扔，竟然扔到那男人的頭上，血順著他的臉流下來。

母親聽到身後是一片喧嘩聲，但她怕極了，往家裡死命跑，到了家裡，關上鐵門、木門，又跑進臥室關上房門，自己一個人嗚嗚地哭。直到我回到了家。

「我當時氣急了。」她不斷解釋，像個做錯事的小孩。

我知道，其實她不是氣，或者不僅僅是氣，那男人的每句話，都刺痛了她的內心。

最後，是我陪著母親在晚上去看那好一會兒沒有人管的加油站。我們做好了心理準備：被砸了？油被搶了？甚至，被燒了？其實我們也知道，無論哪種結果，對這個脆弱的家庭肯定都很難承受。

像是電視裡的中獎節目，好不容易到了最後一關，最終要開獎前的那種表情。母親一路上邊捂著自己的眼睛，邊往店裡走。

油桶沒亂，油沒丟，甚至桌椅都被整齊擺好。桌子上放了一張一百塊，和一個空的小油桶。

母親和我一個字都說不出來，坐在那油味嗆人的加油站裡，樂呵呵地笑，然後她才想起，差點沒能準時給父親做飯，拉著我一路狂跑回家。

雖然知道根本不是颱風的錯。那結局是注定的，生活中很多事情，該來的會來，不以這個形式，就會以那樣的形式。但把事情簡單歸咎於我們無能為力的某個點，會讓我們的內心可以稍微自我安慰一下，所以，我至今仍願意詛咒那次颱風。

閩南多颱風，這不是什麼新奇的事情。通常每次颱風警報，大家就忙著修修補補，把能固定的東西固定住，有漏洞的地方填上，然後關著門窗，用一個晚上，聽那巨獸在你的屋頂、窗前不斷地玩鬧，聽著它用它的氣息把你完全包裹住，卻不會傷到你半分。只要你不開門，一切似乎和你無關。它就像是老天爺一年幾次給閩南人民上演的４Ｄ立體電影。

我是個好動的人，因此小時候特別願意和颱風戲耍。當時風也乾淨，雨也乾淨，不像如今，沾染了一點雨，就要怕化學污染。聽見颱風來了，打開門，大喊一聲，衝出去，讓風和雨圍著你鬧騰，再跑回家，全身濕答答地迎接母親的責罵。

颱風在於我從來沒有悲傷的色彩，直到那一年。

從夏天堅持到秋天，父親開始察覺，某些該發生的沒有發生：左手臂依然習慣性地蜷在胸前，左腿依然只有膝關節有掌控感，甚至，讓他恐慌的是，腳趾頭一個個失去感覺了。姊姊喜歡在他睡覺的時候，幫他剪趾甲，一不小心剪到肉，血流了出來，姊姊嚇得到處找藥布包紮，他依然沒有感覺地沉沉睡著。只是醒來的時候，看到腳上莫名其妙的紗布，才傻傻地盯著發呆。

我可以看到，挫敗感從那一個個細微的點開始滋長，終於長成一支軍隊，一部分一部分攻陷他。但他假裝不知道。我們也假裝不知道。

他已經察覺。這種沒被戳破的悲傷，像發膿的傷口一樣不斷淤積、腫大，慢慢地，控制不住，傷感有時候會噴發出來——

他對時間更苛刻了。他要求母親在房間裡、大廳裡都掛上一個大的時鐘。每天睡醒，他叫嚷著讓母親扶他起來，然後就開始盯著時鐘看，不斷催促，本應該是十五分鐘穿好衣服的，本應該是第二十分鐘幫他洗漱完畢的，本應該是第三十分鐘扶他下樓的，本應該是五十分鐘內準備好，並餵他吃早餐的，本應該是五十五分帶他再上次廁所的，本應該是八點準時跨出那門的……但是，為什麼這裡慢了一分鐘，那裡又拖了兩分鐘。

他會突然把桌子上的東西一掃，或者拿拐杖敲打地面不斷咆哮：「你是要害我嗎？你是要害我嗎？」

彷彿，恰恰是母親手忙腳亂來不及跟上的每分鐘，害他無法如期完成對自己另一半身體的調動。

秋日的第一場颱風要來了。前一天下午，我就和母親把整個房子視察了一遍。這是全家在父親生病後要度過的第一場颱風，按照天氣預報，這是幾年來最大的一次，而且恰恰從我們這個小鎮登陸。

電視臺裡播放著民政部領導來駐守前線的消息，CCTV的記者也對著還未刮起顯得無精打采的風，有點遺憾。他或許很期待，在狂風暴雨中，被風吹得站都站不穩，需要扶住某一棵樹，然後歇斯底里地大喊著本臺記者現場報導的話。

他會如願的。颱風就是這樣，來之前一點聲息都沒有，到來的時候就鋪天蓋地。

先是一陣安靜，然後風開始在打轉，裹著沙塵，像在跳舞，然後，突然間，暴風雨在下午一點多，槍林彈雨一般，呼嘯著到來了。我看見，路上的土地被細密地砸出一個個小洞，電視裡那記者，也如願地開始站在風中嘶吼著報導。

母親早早關掉店面回家了，颱風天本來不會有人出門的。父親也如期做完上午的鍛鍊回來了。我起身要去關上門，卻被父親叫住，為什麼關門？

颱風天，不關門待會兒全是水。

不能關，我待會兒要出門。

颱風天要出什麼門？

我要鍛鍊。

颱風天要做什麼鍛鍊？

你別害我，我要鍛鍊。

就休息一天。

「你別害我。」

父親連飯都不吃了，拿著拐杖就要往門外挪去。

我氣急了，想搶下拐杖，他拿起拐杖就往我身上打。打在手臂上，馬上是青色的一條。母親趕緊起身去把門關上。父親咆哮著一步步往門口挪，他右手要拿著拐杖維持住平衡，偏癱的左手設法打開那扇門，卻始終打不開。

他開始用拐杖死命敲打那門，邊哭邊罵：「你們要害我，你們要害我，你們就不想我好，你們就不想我好。」

那嘶喊的聲音銳利得像壞掉的拖拉機拚命發動產生的噪音。鄰居開始有探頭的，隔著窗子問怎麼了。

我氣急了，走到門口，把門打開說，你走啊你走啊，沒有人攔你。

父親不看我，用拐杖先探好踩腳的點，小心翼翼地挪動那笨重的身軀。身體剛一出門，風裹著暴雨，像掃一片葉子一樣，把他直接掃落到路的另一側了。

他躺在地上，掙扎著要爬起來。我衝上前要扶起他，他顯然還有怒氣，一把把我推開。繼續一個人在那掙扎，掙扎，終於癱坐在那地方了。母親默默走到他身後，用身體頂住他的左側，他慢慢站立起來了。母親想引著他進家門，他霸道地一把推開，繼續往前走。

風夾著雨鋪天蓋地。他的身體顫顫悠悠顫顫悠悠，像雨中的小鳥一樣，渺小，無力。鄰居們也出來了，每個人都叫喚著，讓他回家。他像沒聽見一樣，繼續往前挪。

挪到前一座房子的夾角處，一陣風撞擊而來，他又摔倒了。

鄰居要去幫他，他一把推開。他放棄站起來了，就躺在地上，像隻蜥蜴，手腳並用往前挪……

最終他自己徹底精疲力盡了，才由鄰居幫忙，把他抬回了家。然而，休息到四點多，他又自己拿了拐杖，往門口衝。

那一天，他就這樣折騰了三次。

第二天，颱風還在，他已經不想出門也不開口說話，甚至，他也不願意起床了。躺在床上，茫然無措的樣子。

沒有聲息，但他的內心裡某些東西確實完全破碎了。這聲音聽不見，但卻真實地瀰漫開。而且還帶著味道，鹹鹹的，飄浮在家裡，彷彿海水的蒸氣一般。

他躺在床上，彷彿生下來就應該在那兒。

不言不語了幾天，他終於把我喚到床前，說，你能騎摩托車帶著我到海邊兜兜嗎？

那個下午，全家人七手八腳總算把他抬上摩托車，和負責騎摩托車的我，用一塊布綁在一起。

秋天的天光雪白雪白，像鹽一樣。海因而特別好看。我沿著堤岸慢慢騎，看到有孩子在那烤地瓜，有幾個少年仔喝完酒，比賽砸酒瓶子，還有一個個挑著籮筐、拿著海鋤頭的漁民，正要下海。

父親一直沒說話。我努力想挑開個什麼話題。我問，以前不是聽說你收的兄弟，是這片海域最牛的幫派的嗎？那條船上的人在向我們招手，是你以前的小弟嗎？

他在後面安靜得像植物一樣，像他從來不存在一樣。回到家他才開了口：「好了，我心事了了。」我知道，他認為，自己可以死了。疾病徹底擊垮他了。他就像是一個等待著隨時被拉到行刑場的戰俘，已經接受了呼之欲出的命運。

這種絕望反而也釋放了他。

他不再假裝堅強了，會突然對著自己不能動的手臂號啕大哭；他不再願意恪守什麼規矩，每天坐在門口，看到走過的誰不順眼就破口大罵，鄰居家的小狗繞著他跑，他心煩就一棍打下去，哪個小孩擋住他慢慢挪行的前路，他也毫不客氣地用拐杖去捅他。他甚至脫掉了父親這個身份該具備的樣子，開始會耍賴，會隨意發脾氣，會像小孩一樣撒嬌。

那些下午，每次我放學回家，常可以看到門口坐著一群年老的鄉里，圍在他身旁，聽他講述著一些稍微誇大的故事，跟著抹眼淚。又或者，有不同的鄰居登門，向母親和我告狀，父親與他家孩子或者小狗吵架的故事。

父親的形象徹底崩塌了。姊姊和我對他的稱呼，不斷調整，從「父親」一路退化到暱稱阿圓，甚至到後來，他與我那剛出生的外甥女並列，外甥女暱稱小粒仔（閩南語叫嬌小、圓潤、可愛），家人都稱呼他為大粒仔。

他竟然也樂於這樣的稱呼。繼續惹哭那些年老的鄉里，和鄰居的小狗吵架。

然而，死亡遲遲沒來。

為了期盼死亡的到來，他講話都特意講述得好像是遺言的感覺。他會說，我不在了，你自己挑老婆要注意；會說，我一定要火化，記得你走到哪就把我帶到哪。他幾次還認真地想了半天說，沒事的，我不在，家還在的。

我一直把他的這種話，當作對疾病和死神孩子氣地嬌嗔，然而，這種話還是刺痛我。特別是那句「我不在，家還在的」，會讓我氣到對他發脾氣。

不准你這麼說。我會大聲地兇他。

我說的是實話。

反正以後不准你說。

他不吭聲了。過一會兒，隨便哪個人路過了，不管那人在意不在意，他會對著那人說：「我剛給我兒子說，我不在了，家還會在，他竟然對我發脾氣，我沒錯啊。」

然後轉過身，看我是否又氣到要跑來兇他。

一開始我真的不習慣這個退化為孩子的父親，何況撇去他的身份，這還是個多麼奇怪的孩子，動不動把刺痛我的生死掛在嘴上。但我也知道，這是他能找到的最好的生活方式。

雖然死亡一直沒等來，他卻已經越發享受這樣的生活方式。慢慢地，他口中的死亡似乎已經不是死亡，而是一個他沒盼來的老朋友。他開始忘記自己決定要離開的事情，偶爾說漏了嘴：「兒子啊，你有了孩子會放到老家養嗎？兒子啊，孫子的名字讓不讓我來取？」

我會調侃著問：「怎麼，不死了？」

「死！」他意識過來了：「還是要趕緊死。」然後自己笑歪了嘴，一不小心，口水就從那偏癱的左邊嘴巴流了下來。

這個生僻的醫學知識是父親生病後我才知道的：冬天天冷，人的血管會收縮。上了年紀的人因此容易疲憊，而對父親這樣的中風者來說，血管收縮，意味著偏癱的加劇。

上一個冬天他走路越來越不方便，幾次左腳都邁不出步去，直接摔倒在地上。摔得頭破血流，全身瘀血。我終於以一家之主的身份，下令他在這個冬天要乖乖待在家裡不准亂動。

他聽了，像個小孩一樣，眼眨巴眨巴地看著我，問：「如果聽話，是否可以買我最喜歡的滷鴨來吃。」

我實在不明白，閩南的冬天何時冷得這麼刺骨。我時常一個人站到風中去，感受一下風吹在頭上頭皮收縮的感覺，然後著急地為父親套上帽子，裹上大衣。一不小心，原本就肥胖的父親，被我們包裹得像顆巨大的肉丸一樣，他常會取笑自己，這下真成了「大粒仔」了。

然而，那個冬天他還是突然昏倒了。吃飯吃一半，他突然扶住頭說，有點暈，然後就兩眼翻白，口吐白沫。

被驚嚇的母親趕忙掐人中，並囑咐姊姊端來溫開水，我則趕緊一路狂奔到醫生那裡去求助。

「我真以為自己要死了。」醒來之後他說。「唉，我真有點捨不得。」
「那就別死了。」我抱著他，久久不肯放。

好消息是，父親又怕死了。不過醫生也告訴我另外一個壞消息：隨著年齡增長，父親的血管會越來越收縮，以致「左半身會完全不能動，甚至以後大小便要失禁的」。

晚上，母親拉著我偷偷商量。她算了一下，父親可能再五年就完全要在床上了，她告訴我：「別擔心，我來負責照顧他。」那晚，母親還算了另外的帳，假如父親活到八十歲，每年需要的藥費，兩個老人的生活費，以及「娶老婆的錢」，總共還需要很多很多。

「別擔心，我們母子倆是戰友，即使以後你爸不能動，我會邊照顧你爸邊做手工。而趁這五年，你能衝盡量衝。」——這是我們母子的約定。

雖然父親像個孩子一樣，拉著我不讓我遠行，但他也接受了我去北京找工作的準備。按照與母親的約定，這五年我要盡量衝，每年就兩三次回家，而且每次回家都是帶著工作，常常和父親打個照面，又匆匆關在房間寫文章。幾次他想我想急了，大清早在樓下不斷叫我名字，通常寫稿到凌晨五六點的我，睡眼惺忪地起身，走到樓下來，發脾氣地說了他一通，讓他別再吵我，然後搖搖晃晃地回房去睡。但第二天，他又一大早叫我的名字。

工作了三年，我驚訝地發現攢的錢竟然有將近二十萬。沒有告訴母親，但我心裡竟然產生一個奢侈的念頭：把父親送到美國看看，聽說那裡有一種可以伸入人大腦血管的納米鉗，那種儀器有可能把堵在父親大腦裡的那個瓣膜拿出來。

我開始像個守財奴，每天白天苛刻地計算一分一毫的花費，到晚上總要打開網上帳戶，看看那一點點增長的數字。

一切正在好起來，我和母親說。她不知道我的計畫，但她顯然很滿足這種已經擺脫生存困境的生活。我心裡暗暗想，再三年，要幫父親找回他的左半身，然後，我的家又會康復了。

然而，那個下著雨的午後，路上的電視機正在播放著世界盃開幕式的倒數計時。我突然接到了堂哥的電話。

你方便說話嗎？

方便啊，你怎麼沒看世界盃，你不是很愛看足球嗎？

我不方便看。我要和你說個事情，你答應我，無論如何，一定要想得開。

你怎麼了，說話這麼嚴肅？

你答應我嗎？

嗯，好啊。

你父親走了。下午四點多，你母親回家，看到他昏倒在地上，她趕忙叫我們開車送他到醫院急救。但在路上，他已經不行了。

你不是已經不想死了嗎？我心裡痛罵著父親。

你不是不想死嗎？你怎麼一點諾言都不守？

從北京搭飛機到廈門，又轉車到家，已經是晚上十一點多。父親躺在廳堂前，還是那肥嘟嘟、一臉不滿意的樣子。鄰居的家裡，傳來世界盃開幕式的歡呼聲。這是四年一度全世界的狂歡，他們沒有人知道，這一天，我生命中最重要的一個人不見了。

我哭不出來，一直握著父親的手。

那是冰冷而且僵硬的手。我壓抑不住內心的憤怒，大罵著，你怎麼這麼沒用，一跤就沒了，你怎麼一點都不講信用。

父親的眼睛和嘴角突然流出一條條血來。

親戚走上來拉住我，不讓我罵，她說，人死後靈魂還在身體裡的，「你這樣鬧，他走不開，會難過到流血水，他一輩子已經夠難了，讓他走吧，讓他走吧。」

我驚恐地看著不斷湧出的血水，像哄孩子一樣輕聲地說：「你好好走，我已經不怪你，我知道你真的努力了……」

哄著哄著，我終於忍不住號啕大哭起來。

父親火化後第二天，我做了一個夢，夢見他不滿地問我，為什麼只燒給他小汽車，沒給摩托車，「我又不會開小汽車」，夢裡他氣呼呼地說。

醒來告訴母親，不想，她說她也夢到了。夢裡父親著急地催著，他打算自己騎摩托車到海邊去逛逛，所以要趕緊給他。

「你那可愛的父親。」母親笑著說。

重症病房裡的耶誕節

母親交代要買父親最喜歡的滷鴨，雖然他不能吃，但讓他看著都好。
但我突然想，不能買給他，而是買了他最不喜歡吃的魚片和蔬菜……

我記得那是條長長的走廊，大理石鋪就，再柔軟的腳步踩踏上去，都會聽到厚重的回聲。聲音堆堆疊疊，來回在走廊裡滾動。冷色的燈光靜靜地敷在上面，顯得走廊更長、更深了。

每個房間的門口，都掛著他們相聚在此的理由：心血管、腦外科……疾病掌管著這裡，疾病就是這裡的規則，疾病也是這裡的身份。

無論他們是誰、做過什麼，可能剛從一場典禮中被請下來，又或者剛插完秧坐在田埂休息一下，醒來，他們就在這裡。

疾病在不同的地方找到了他們，即使他們當時身處不同的生活，但疾病一眼看出他們共同的地方，統一把他們趕到這麼一個地方圈養。

在白色的床單上，在白色的窗簾邊，在白色的屋頂下，他們的名字都不重要，他們統一的身份是，某種病的病人。在這裡，人與人的關係也被重組了，同一種疾病的人，會被安排在鄰近，經過幾天的相處，他們成了最熟悉的人。

他們討論著身上唯一，也是現在最本質的共同點，小心比較著各種細微的區別：「我四五次正常的呼吸，就要大力吸一次氣，你呢？」「我大概六七次正常的呼吸。」「我今天左腳拇趾就能感到痛了。」「我還不行，但感到有股熱流好像慢慢流到那……」

意識在這軀殼中爬進的一點點距離，發生的一點點小障礙，他們都能感覺到：在這裡，靈與肉的差別第一次這麼清晰。在這裡，他們第一次像尊重自己的情感和靈魂一樣，那麼尊重自己的肉身。

十六歲時，我因父親的疾病抵達了這裡。

這個叫做重症病房的地方，位於這醫院的頂樓。電梯門一打開，就是這走廊，以及那一個個驚心動魄的疾病名字。它們各自佔據了幾個病房，以俘虜的數量來顯示自己的統治力。到了這最頂層，我才知道醫院的祕密：原來在疾病帝國，也是用武力統治的，誰最殘忍最血腥，誰就站在最高的位置。

醫院一樓是門診大廳和停屍房。可以隨意打發的疾病，和已經被疾病廢棄的身體，比鄰而居。生和死同時在這層盛放。

這都是最無能的疾病的作品——死亡不是疾病的目的，疾病是盡可能佔有身體，用自己的秩序統治那身體。所以簡單的死和簡單的創傷都是最低級的疾病。

因為常要出外買些補給品，也因為我需要經常性地逃離病房的氣氛，出去走走，我每天幾乎都要從一樓經過。

從頂樓下來有兩種選擇：一部電梯就在父親的病房旁邊，雖然是直直通到門診大廳，卻因為使用者眾多，幾乎每層都要停一下。從頂樓一路往下，路過不同等級的疾病。這一層是腦科，這一層是內科，這一層是外科……然後抵達最底層，一打開，嘈雜的生氣馬上撲面而來。

另一部電梯是醫院工作人員專梯，因而人特別少。這專梯有個不成文的規矩，重症病房病人的家屬可以使用——每次搭這部電梯，醫院工作人員的眼神，就如同在看自己的戰友：我們有共同的祕密，我們曾感受過死亡的氣息。

這電梯位於醫院最僻靜的東南角，要從那走廊一路走到底，一路經過那一個個病房。我最恐懼走這段路，因為我控制不住自己的眼光，總要一個個去數，每張病床上，原來的那人是否在。然後，一不小心，會發覺某人不見了。

我厭惡這種感覺，就像你按照自己的記憶走一條印象中很平坦的路，然後突然哪裡凹陷了，一踩空，心直直往下墜。

所以我一向選擇那部通往門診的電梯。雖然需要從門診大廳經過，依次穿過擁擠的人群、暴躁的聲響，和潮濕的汗味，但我享受這種人間的味道。甚至能感受到，這各種聲響偶然組成的某種音樂感，還有那各種濃度的汗味，將會在你的感官中形成不同程度的刺激。每次電梯打開，感受著這聲響和汗味撲面而來，會忍不住興奮，猜測自己將尋找到哪段樂曲，將被擊中哪部分的感官。這是人間的樂趣，我想。

我很快知道了這裡的其他小孩。知道，但不認識。

有種東西，隔閡著彼此，注定無法做非常好的朋友——目光，太透徹的目光。這裡的小孩臉上都有雙通透的眼睛，看著你，彷彿要看進你的心裡。我知道那是雙痛徹後的眼睛，是被眼淚洗乾淨的眼睛。因為，那種眼睛我也有。

和擁有這種眼睛的人說話，會有疼痛感，會覺得庸俗的玩笑是不能說的，這麼薄的問題，在這麼厚的目光前，多麼羞愧。於是會想掏心掏肺，但掏心掏肺在任何時候都是最累的，通常只要說過一次話，你就不想再和他說第二次了。

同樣，你也看到，他也躲著你。

或許還有個原因，作為疾病的孩子，你知道他太多祕密：他內心如何悲傷，如何假裝，他和你說笑話的時候是想很刻意地遺忘，但他的這種遺忘又馬上會催生內心的負罪感。

所以，我早就放棄在這裡交到任何同齡的朋友。

漸漸地，當新來的小孩試圖越過劃定的距離，試圖和我親近，我會冷冷地看著他，直到那眼神把他們嚇跑。

但，除了守著父親的疾病，我還必須有事做。在這裡，你一不小心留出空檔，就會被悲傷佔領——這是疾病最廉價、最惱人的雇傭兵。

比如，在幫父親換輸液瓶時，會發覺他手上密密麻麻的針孔，找不到哪一寸可以用來插針；比如醫生會時常拿著兩種藥讓我選擇，這個是進口的貴點的，這個是國產的便宜的，你要哪種？我問了問進口的價錢，想了很久。「國產的會有副作用嗎？」「會，吃完後會有疼痛，進口的就不會。」我算了算剩下的錢和可能要住院的時間，「還是國產的吧。」

然後看著父親疼痛了一個晚上，怎麼都睡不著。

隔壁床家屬偶爾會怪我：「對你父親好點，多花點錢。」

我只能笑。

一開始我選擇和一些病人交朋友。家屬們一般憂心忡忡，病人們為了表現出果敢，卻意外地陽光。每個病人都像個小太陽一樣。當然，代價是燃燒自己本來不多的生命力。

我特別喜歡另一個房間的漳州阿伯，他黝黑的皮膚，精瘦的個子，常會把往事以開玩笑的形式掛嘴上。他是個心臟病患者，說話偶爾會喘，除此之外似乎是個正常人。

一碗米飯吃不下，他會笑著說，當年我去相親，一口氣吃下四碗米飯，把丈母娘嚇死了，但因此放心把老婆給我。扶著他去上廁所，他自己到那格子裡，抖了半天抖不出一點尿，會大聲叫嚷著以便讓門外的我聽到：「怎麼我的小弟弟不會尿尿，只會一滴一滴地哭。」

他甚至還調戲護士，某個護士稍微打扮了下，他會壞笑著說，晚上我們去約會？

他的親人都罵他老不羞，邊罵邊笑，後來整個醫院裡的人都叫他老不死。

「老不死你過來講個笑話！」

他正在啃著蘋果沒空答。

「老不死你死了啊？」

他會大聲地答：「在，老子還在，老子還沒死。」

父親很妒嫉我總找那阿伯。他也振作起來想和我開玩笑，甚至開始和我主動爆料，他談過的戀愛、做過的糗事。但我還是三不五時往隔壁跑。然後以這個阿伯為榜樣，教育父親：「你看，人家從心底開心，這樣病就容易好。」

父親放棄競爭了，卻死活不肯和阿伯講一句話。

每天傍晚我都要到二樓的食堂去買吃的。我照例打包了三份粥、一份肉、一份菜，然後照例想了想，順便給漳州阿伯帶塊紅燒肉——醫生不讓他吃，他的親人不給他買，他一直叫我偷偷買給他。

電梯上來先經過他在的那個病房，再到父親的病房。

我走過去看到他的病床空空的，想了想，可能他們全家去加餐了。到了父親的桌子前，擺開了菜，和父母一起吃。我漫不經心地問：「那漳州阿伯好像不在，他們去加餐了，有什麼好慶祝的？竟然不讓我跟。」

「他走了。」母親淡淡地說，眼睛沒有看我。

我一聲不吭地吃完飯，一個人爬到醫院的樓頂去看落日。在上面，我發誓，不和這重症病房裡的任何病人交朋友了。然後安靜地回到父親的病房，把躺椅拉開，舒服地癱在那。假裝，一點悲傷都沒有。

打掃衛生的王阿姨成了最受歡迎的人。醫院阿姨一般來自鄉下，身上還帶著土地的氣息。她說話的嗓門大，做事麻利。

說起來她並不是那麼好的人，貪小便宜，如果你沒有給點好處，就邊收拾邊罵罵咧咧，有時候乾脆假裝忘記。她說話非常刻薄，偶爾有剛來的孩子在走廊開心地嬉鬧，妨礙了她的工作，她會把拖把一扔，大聲地喊：「這是誰家的孩子，這麼不懂事，家人都快死了，還有心情在這鬧？」

孩子哭了，聲音在走廊一起一伏。過一會兒，一個大人跑出來，做賊一樣把孩子抱了就走。然後隱隱傳來啜泣聲。

其實她好人緣的根本原因來自，重症病房裡太少可以交往的對象。只有她，似乎是和疾病最不相干的人，不用擔心，要在她面前掩飾悲傷或者承受她的突然消失。而且她的壞脾氣恰好是個優點：確保你不會很深地和她發生情感。

我見過太多家屬，一離開就像逃離一樣，恨不得把全部記憶抹去，走出去的人從不見有回來的，彷彿這裡只是一個幻境。

我嘗試理解她的市儈和不近人情。她應該曾經用心和一些病人交往過，然而病人的一次次消失，讓她慢慢學會了自我保護。無論當時多麼交心，那些親屬也不會願意再在塵世見到她。

理解之後，我突然對她親近了許多。

我努力挖掘她讓人開心的部分，比如，她會提供樓層間的八卦：四樓骨科的那個老王，上廁所的時候跌倒，把另外一條腿也摔了，兩條腿現在就V字形地吊在床上；二樓婦產科，生出了對連體嬰，父母著急壞了，哭得像淚人，醫生們還在開會研究，怎麼剖離。「我趁著打掃的時候，偷偷瞄了眼，乖乖，真像廟裡的神靈。」她習慣張牙舞爪地說話。

這個消息像是隻跳蚤從此就落入我的心坎裡。好幾天，整個樓層都在討論，並開始想像他們未來的生活如何。

就像一齣跌宕起伏的連續劇，謎底一個個揭開：

早上阿姨來，宣佈了性別，是兩個男嬰。眾人一片唏噓：「多可惜啊，本來雙胞胎男孩子該高興壞了。」

下午阿姨來，宣佈醫生打算用鋸子鋸開，正在討論方案。眾人一片譁然，整個晚上研究如何鋸，並運用自己經歷的幾次手術的經驗，交流可能性。

隔天所有人盼著阿姨來，她終於說了：「但可惜心臟連在一塊。」眾人開始糾結了：「哎呀，一輩子要和另一個人一起吃飯睡覺。」

二樓的另外一大片區域，是婦產科。我每次打完飯經過那，總喜歡探頭探腦。醫院裡的護士幾乎都認得我，其他區域病房的人都會讓我進去遊蕩，這似乎是重症病房家屬的特權。然而，婦產科的人卻總攔住。或許他們不願意我們身上帶著的疾病的信息傳遞到新生的人群裡去。

在重症病房，婦產科裡的故事是最受歡迎的，說起一個小孩的任何一顰一笑，都會有極大的反應。在重症病房這個樓層的人看來，那裡簡直就是旅遊勝地。和我同處於這樓層的孩子，也都特別嚮往那科室，想著不同法子突圍。

有的裝成去送飯的，有的裝成剛買藥回去的，有的還玩起了喬裝——戴上個帽子，別上個口罩，都被逮了出來。

好說歹說，王阿姨答應帶我去，條件是，我要把看的那幾本教輔書送給她——她想給自己的孩子。

我拿著水桶，跟著王阿姨，她身上散發著濃重的汗味，每走一步就要喘一聲。終於來到那關卡，對著門的那兩個值班護士，充滿質疑地看著我。

王阿姨說：「我今天身體不舒服，他主動幫忙，真是個好孩子。」

護士想了想，拿出一件護士的藍色外套給我套上，然後又叫住我：「你最好先去消毒室消毒一下。」

被歧視的猜想這次被正面印證了，我把外套一扔，跑回了重症病房。那連體嬰兒我決意不想看了。但她還是日復一日地直播。直到一個星期後，不管別人怎麼追問，她都不說。

每個人都明白了，是大家共同熟悉而親近的朋友帶走了這兩個小孩。那個朋友的名字誰也不想提，因為誰都可能隨時被帶走。

我可以從眼神裡感覺到，護士長和新來的那個醫生正在發生什麼。

護士長年輕時肯定是個甜美的女孩，瓜子臉，笑起來兩個酒窩。不過從我認識她，她就永遠一副冷若冰霜的樣子，說話一直在一個聲調。

樓層最中間，是護士間，那是類似酒吧櫃檯的樣子，半人高的桌子，有限度地隔開了病房和她們。緊挨著的房間，我們稱之為貴賓室。貴賓室的門一直是關著的，只有那些醫生才能進進出出。

關於貴賓室裡面的擺設，在沒有多少資訊流通的這個樓層，也成了長盛不衰的話題。聽說椅子是歐陸風格的，鋪著毛地毯，裡面還有撞球桌。

但每個家屬早晚都要進到裡面去——那意味著，你家裡的病人要直面生死，要動手術了。

程序一般是這樣的：通常前一天的晚上護士長會笑著拿著張通知單給你，然後說，晚上醫生們想邀請你去辦公室一下，記得帶上覺得必要的人。晚上八點開始，護士長一個個病房去敲門，把一隊隊家屬分別往那貴賓室帶。

推門進去，門關上了，第二天一早就可以看見，他們的親人被推進手術室，從此不見了——如果手術成功了，會送到緊急情況看護室，調理一段時間，然後送到樓下各專業看護室，或者直接出院。如果失敗了，他們誰都不會回來了。

對於護士長和年輕醫生的戀愛，重症病房裡的每個人都惴惴不安。戀愛在這個地方看來，其實只是極端的情緒，有極度的開心，也意味著同時可能有可怕的不開心。護士長稍微情緒一波動，就意味著打針的時候更疼了，或者是辦雜事時的不耐煩。雖然他們都盡量保持專業，但是脆弱的病人和家屬們，看著他們臉上曲線的一起一伏，內心都要跟著一跳一宕。

於我來說，更是個緊張的事情，因為那年輕醫生，恰恰是心血管科的，將來，手術的某個環節上他有可能掌管著父親的生死。

於是，他們兩個的情感成了整層樓最重要的安全事件，大家會私底下交流著對他們戀愛進程的觀察，來決定集體將如何地推波助瀾。

一開始有人建議，不如造謠讓他們分開。他們開始在護士長幫他們打針的時候，說，好像看見某某醫生和另一層的護士出去了。哦，是吧。針意料之中地沒打中血管，痛得病人唉唉叫。

有人張羅著，要給醫生介紹有錢又漂亮的女孩子，護士長聽到了，闖進那病房裡，叉著腰就罵：「你們是活得太舒服了嗎？」眾人靜默。

從此，一切都是往推進他們情感穩定的方向上佈局了：甲負責打探護士長需要什麼，乙建議醫生怎麼買，誰聽到護士長如何地不開心，都要負責讓她開口，然後集體研究解決辦法。

我並不是其中太重要的參與者，只需要每次看到護士長的時候，笑著說，姊姊今天真漂亮。有意無意在醫生面前說護士長如何地體貼、負責，然後要提高聲調說：「要是以後我能娶這樣的老婆就好了。」

但通常，我都是在廁所碰到他。他不耐煩地拉起拉鍊，說，你這小毛孩懂什麼，再亂說就揍你。我點點頭，不能告訴他，根據大會要求，我堅持一定要見一次說一次。

這樣的日子過得戰戰兢兢，卻也熱鬧非常。慢慢地，我發覺醫生開給父親的刺激性藥越來越少，然後要求我們，每天陪著父親做復健。我隱隱約約感覺到，進貴賓室的日子近了。

那個晚上，護士長來叫我和母親了。從護士室的櫃檯進去，總算打開了那扇貴賓室的門：幾張大大的辦公桌，配著靠背椅。唯一的亮點只有，一張軟軟的沙發。

沙發是用來給家屬坐的。讓他們感到安全和放鬆。

我來不及失望，主治醫師已經坐在沙發的另一角，看我們來了，滿臉堆笑地迎接。他握手的時候特意用了用力，這讓我不禁猜測，這笑容，這握手，還有這沙發，都是精心研究的專業技術。

其他醫生各自散落在周圍，那戀愛中的年輕醫生也在。他果然參與了父親的手術。

主治醫師講了一堆術語，母親和我一個字都聽不懂。

「醫生，您能告訴我，手術成功率有多少？」母親直接打斷。

「百分之六十。我和你們解釋下可能的風險，病人的手術，是把整個心臟拿出來，先用心臟起搏器維持，如果中間血壓過低了，就可能不治；然後要切開那瓣膜，換上人工的瓣膜，如果這中間有小氣泡跑進去了，那也可能不治……」

母親有點頭暈，想阻止醫生說下去。

但他堅持一句話、一句話說著。「抱歉，這是職責。」他說。

過了大概有整個世紀那麼久，醫生問：「那麼是否同意手術了？如果手術，百分之六十的成功率；如果不手術，估計病人活不過這個冬天。」

母親愣住了，轉過頭看著我：「你來決定吧，你是一家之主。」

「我能想想嗎？」

「可以，但儘快，按照檢測，病人的手術再不做，估計就沒身體條件做了。如果可以，手術後天早上進行。」

我出了貴賓室，一個人再次爬上醫院的屋頂。屋頂四周用一人高的鐵絲網圈住，估計是擔心輕生的人。

意外地，卻有另外一個和我差不多同齡的人。我認出來了，他是在我前面進貴賓室的人，看來，他也被要求成為一家之主。

按照默認的規矩，此刻應該彼此沉默的，但他卻開了口：「明天是耶誕節，你知道嗎？」

「是吧。」我這才意識到。

「我父親一直想回家過春節，他說他很想看過年老家的煙花，你說耶誕節能放煙花嗎？」

「不能吧。」

他沒再說話，兩個人各自繼續看著，夜幕下，路燈邊，熙熙攘攘的人群。

我還是簽了同意書。母親甚至不願意陪我再進到貴賓室。她害怕到身體發抖。

簽完字，那戀愛中的醫生負責來教授我一些準備：明天晚上，你記得挑起你父親各種願望，讓他想活下來，越多願望越好。「一個人求生的欲望越強，活下來的機會就越大，更多是靠你們。」

傍晚依然我負責打飯。母親交代要買父親最喜歡的滷鴨，雖然他不能吃，但讓他看著都好。但我突然想，不能買給他，而是買了他最不喜歡吃的魚片和蔬菜。

父親顯然生氣了，一個晚上都在和我嘮叨。

我哄著他：「後天買給你吃，一整隻鴨好不？」

父親不知道手術的成功率，但他內心有隱隱的不安。他顯然有意識地要交代遺言：「你以後要多照顧你母親知道嗎？」

「我照顧不來，你看我還那麼小。」

他著急了。

又頓了口氣：「怎麼不見你二伯？我給你二伯打個電話，我交代他一些事情。」

「二伯忙自己的事情去了，沒空和你說話，等你出來再說。」

他瞪著我：「你知道氣病人是不對的。」

「我沒氣你啊，我只是說實話，二伯說後天會過來陪你一整天。」

「你這調皮鬼。」他不說話了。

我不知道自己的這場賭博是否對，如果不對，如果父親就這樣離開我，今天晚上這樣的對話會讓我自責一輩子。

走廊上有孩子在鬧著，說今天是耶誕節，吵著要禮物。但沒有多少反應，就像一塊石頭投進深深的水潭，一下子不見了蹤影。他不知道，這裡有另外的四季、另外的節氣。

母親內心憋悶得難受，走過去想把窗打開。這個時候，突然從樓下衝上一縷遊走的光線，擦著混濁的夜色，往上一直攀爬攀爬，爬到接近這樓層的高度，一下子散開，變成五顏六色的光——是煙花。

病房裡所有人都開心了，是煙花！

煙花的光一閃一閃的，我轉過頭，看見父親也笑開了。真好，是煙花。

我知道這是誰放的，那一刻我也知道，他是那麼愛他的父親。我從窗子探頭出去，看見三個保安正把他團團圍住。

九點，父親被準時推進去了。二伯、三伯、各個堂哥其實昨晚就到了，他們和我就守在門口。

那排簡單餐廳常有的塑膠椅，一整條列過去，硬實得誰也坐不了。

十點左右，有護士匆匆忙忙出來。母親急哭了，但誰也不敢問。

又一會兒，又一群醫生進去了，二伯和三伯不顧禁令抽起了菸，把我拉到一旁，卻一句話也沒說。

快到十二點了，裡面的醫生和護士還沒動靜。等待室的所有人像熱鍋上的螞蟻。

過了十二點，幾乎誰都聽得到秒針跳動的聲音了。堂哥想找個人問問情況，但門緊緊關住，又沒有其他人進出。

一點多，一個護士出來了，什麼話也沒說就走了。

親人們開始哭成一團。

二伯、三伯開始發脾氣：「哭什麼哭，醫生是忙，你們別亂想。」卻狠狠地把菸頭甩在地上。然後，各自躲到安靜的角落裡。

等父親送到緊急看護室裡，我到處尋找，就是找不到那個男孩。

「今天沒有其他做完手術的病人送這來了嗎？」

「沒有，只你父親一個。」看護的醫生說。

我掛念著實在坐不住，隔天瞞著親人，一個人回到重症病房。病人和家屬們，看到我都掩飾不住地興奮，紛紛上來祝賀我。我卻沒有心思接受他們的好意。

「你知道和我父親同一天手術的那個人怎麼樣了嗎？」

「對的，他有個和我差不多年紀的男孩。」

「昨天一早他父親和你父親差不多時間推出去，就再沒見到他了。」終於有人回答我。

我一個人默默搭著電梯，走到樓下。燃放煙花的痕跡還在那，灰灰的，像一層淡淡的紗。

我知道過不了幾天，風一吹，沙子一埋，這痕跡也會不見的。

一切輕薄得，好像從來沒發生過。

我的神明朋友

「每一種困難，都有神靈可以和你分擔、商量。」母親就此願意相信有神靈了。

「發覺了世界上有我一個人承擔不了的東西，才覺得有神靈真挺好的。」

父親葬禮結束後的不久，母親便開始做夢。夢裡的父親依然保持著離世前半身偏癱的模樣，歪著身子，坐在一條河對岸，微笑著、安靜地看著她。

這個沒有情節、平靜的夢，母親卻不願意僅僅解釋成父親對她的惦念，她意外地篤定：「你父親需要幫忙。」

「如果他確實已經還夠了在這世上欠下的債，夢裡的他應該是恢復到他人生最美好時候的模樣，然後他托夢給某個親人一次，就會完全消失——到天堂的靈魂是不會讓人夢到的。」

「所有人都是生來贖罪，還完才能撒身」、「上天堂的靈魂是不會讓人夢到的」，這是母親篤定的。

於是母親決定，要幫幫父親。

我也是直到後來才知道，年少時的母親，是個不相信鬼神的硬骨頭。雖然作為一個神婆的女兒，母親應該一開始就是個對信仰篤定的人。

母親出生在新中國成立後不久。那是個格外強調政治理念的時代，政治標語貼滿了祠堂寺廟，不過，外婆和阿太依然在自己家裡天天燃上敬神的煙火。讓母親在這個家庭中堅定理性主義的，其實和那一切政治教育無關，她只是因為飢餓，她不相信真正慈愛的神靈會撒手不幫她無助的家人。

母親有一個姊姊、兩個妹妹、一個哥哥和一個弟弟。這些孩子是政府鼓勵生育時期一一落地的。和世界各地的情況一樣，政府似乎只負責理念上的指導，日子卻需要一個個人自己去過。除此之外，這個家庭的負擔，還有半身偏癱在家裡伺候神明的外婆。母親很願意講起那段過去，卻從不願意刻意渲染困難。她願意講述那個時代，人若無其事的隱忍。用她的話說，那時候困難是普遍現象，因此困難顯得很平常，顯得不值一提。只是每個家庭要想辦法去消化這種困難，並且最終呈現出波瀾不驚的平凡和正常。

母親最終習得的辦法是強悍。在以賢慧為標準要求女性的閩南，母親成了住家附近，第一個爬樹摘果子的女孩。樹上的果子當然無法補貼一家人每日的運轉，母親又莫名其妙地成為了抓螃蟹和網蝦的好手，這一切其實只有這麼一個祕訣——強悍。起得比所有人早——即使冬天，四五點就把腳扎進沼澤地；去到所有人不敢去的地方（島礁附近肯定盛產貝類，大多數人擔心船觸礁或者有亂流不敢去）……年少的母親因此差點死過一回。

和世界上很多道理一樣，最危險的地方看上去都有最豐厚的回報。傍晚的暗礁總能聚攏大量的魚，只是潮水來得快且凶，浩浩蕩蕩而來，水波像一團又一團的擁抱把島礁抱住，如果沒能在這擁抱到來前逃離，就會被迴旋的水流裹住，吞噬在一點點攀爬的海平面裡。

那個傍晚，對食物的貪戀讓母親來不及逃脫，水波一圈圈擁抱而來，站在島礁上的母親被海平面一點點地吞噬。不遠處有小船目睹這一幕，試圖拯救，但那小船哆嗦著不敢靠近，船上的人只能在水流另一面驚恐地呼叫。

事情的最後解決是，母親依然頑固地背著下午的所獲，一口氣扎入水流裡，像負氣的小孩一樣，毫無策略地和纏在自己身上的水線憤怒地撕扯。或許是母親毫無章法的氣急敗壞，讓水鬼也覺得厭棄，母親被迴旋的水流意外推出這海上迷宮，而且下午的所得也還在。

據母親說，她被拉上船的時候雄糾糾氣昂昂的，只是，她從此不願意下海。「我記得那種被困住的滋味。」

這麼多年來，我一直想像母親穿過亂流的樣子，或許像撒潑的小孩子一般咬牙切齒，或許臉上還有種不畏懼天地的少年狂氣……但也正因為對生活的亂流，絲毫不懂也因此絲毫不懼，才有可能靠著一點生命的真氣，混亂掙扎開一個方向，任性地擺脫了一個可能的命運。

母親告訴我，從小到大，外婆總對她嘆氣：「沒有個女人的樣子，以後怎麼養兒撫女、相夫教子。」

如果神靈要親近某人，必然要發現某人的需求，然後賜予他。人最怕的是發現了自己想要的東西。這是母親後來說的。

即使在政治動盪的年代，閩南依舊是個世俗生活很強大的地方。而世俗就是依靠著流傳在生活裡的大量陳規存活。

母親和這裡的女性一樣，在二十不到就被逼著到處相親。其實未來的生活和那遠遠看到的未來夫君的面目，於她們都是模糊的。然而她們早早就知道作為一個女人生活的標準答案：第一步是結婚；第二步一定要生出個兒子，讓自己和夫君的名字，得以載入族譜，並且在族譜上延續；第三步是攢足夠的錢，養活孩子；第四步是攢足夠的錢，給女兒當嫁妝（嫁妝必須多到保證自己的女兒在對方家裡受到尊重）；第五步是攢足夠的錢，為兒子辦酒席和當聘金；第六步是一定要等到至少一個孫子的出生，讓兒子的名字後面還有名字；第七步是幫著撫養孫子長大……然後她們的人生使命完成了，此時就應該接過上一輩的責任，作為口口相傳的各種習俗的監督者和實施者，直到上天和祖宗覺得她的任務完成了，便把她召喚走。

她們的生活從一出生就注定滿滿當當，而且哪一步拖累了，都會影響到最終那個「美好的結局」。只是出於對父母催逼的厭煩，母親躲在角落，偷偷看了父親一眼，隨意點了點頭。這個點頭，讓她馬上被推入這樣的生活鏈條中。

在她迎來第一個關卡時，生的是女兒，內外親戚不動聲色地，通過祝福或者展望的方式委婉表示，第二個必須是兒子，「必須」。倒不只是外人的壓力，母親渴望有個兒子來繼承她身上倔強的另一些東西。

母親硬是不動聲色了大半年，然而臨盆前一個月，壓力最終把她壓垮了。她痛哭流涕地跑到主管生育男女的夫人媽廟許諾，如果讓她如願有了兒子，她將一輩子堅信神靈。

最終她有了我。

母親描述過那次許願過程。和其他地方不一樣，閩南的神廟都是混雜而居的。往往是一座大廟裡，供著各路神仙，佛教的西方三聖，道教的關帝爺、土地爺、媽祖等等。

她一開始不懂得應該求誰、如何求，只是進了廟裡胡亂地拜。路過的長輩看不過去指點，說，什麼神靈是管什麼的，而且床有床神，灶有灶神，地裡有土地公，每個區有一個地方的父母神……

「每一種困難，都有神靈可以和你分擔、商量。」母親就此願意相信有神靈了。「發覺了世界上有我一個人承擔不了的東西，才覺得有神靈真挺好的。」

我不確定，家鄉的其他人，是否如母親一樣，和神靈是這樣的相處方式。從我有記憶開始，老家的各種廟宇，像是母親某個親戚的家裡。有事沒事，母親就到這些親戚家串門。

她常常拿著筊杯（由兩塊木片削成，一面削成橢圓形，一面削平，把兩塊木片擲到地上，反彈出的不同的組合，表示神明的贊同、否定與不置可否），和神明抱怨最近遇到的事情，竊竊私語著可能的解決辦法，遇到激動處，對著神龕上不動聲色的神靈哭訴幾下，轉過頭又已然安靜地朝我微笑。

我還看過她向神靈撒嬌。幾次她詢問神靈的問題，顯然從筊杯裡得不到想要的肯定，就在那頑固地堅持著，直到神明依了她的意願，才燦爛地朝高高在上的神像說了聲謝謝。

我不理解母親在那些廟宇裡度過多少艱難的事情，在我的這段記憶中，只是那渾厚的沉香，慵慵懶懶地攀爬，而筊杯和地板磕碰出的清脆聲響，則在其中圓潤地滾動。

事實上也因為母親，我突然有了個神明乾爹，那時我三四歲。因為懷胎的時候，家裡境況並不是很好，最終我落地以後，總是隔三差五地生病。我聽說，是母親又用筊杯和古寨裡的關帝爺好說歹說了半天，最終，每年的春節，母親帶著我提著豬腳上關帝廟祭拜，而關帝廟的廟公給我一些香灰和符紙，當作對我這一年的庇佑。

我是不太理解，這個神通的乾爹能賜予我如何的保護，但我從此把一些寺廟當作親人的所在，而關帝廟裡出的用以讓人占卜的籤詩集，則成了我認定的這個神明乾爹的教誨。這些籤詩集，其實是用古詩詞格律寫的一個個寓言故事，我總喜歡在睡覺前閱讀，關帝爺從此成了一個會給我講床頭故事的乾爹。

這個乾爹，按照老家的習俗只能認到十六歲，十六歲過後的我，按理說已經和他解除了契父子的關係，但我卻落下了習慣，每年一定至少去祭拜一次，任何事鬧心了，跑到關帝廟裡來，用筊杯和他聊一個下午的天。

父親偏癱的時候，母親的第一反應，是憤怒地跑到這些廟宇，一個個責問過去，為什麼自己的夫君要有這樣的命運。

說到底，母親和神靈的交談，從來是自問自答，再讓筊杯的組合回答是或者不是。母親提供理解這些問題的可能性，「神靈」幫她隨機選了其中一種。

母親最終得到的答案是，那是你夫君的命數，但你是幫他度過的人。我知道，那其實是母親自己想要的答案。她骨子裡頭還藏著那個穿過亂流的莽撞女孩。

不顧醫生「估計沒法康復」的提醒。母親任性地鼓勵父親，並和他制定三年的康復計畫。三年後的結果當然落空，事實上，父親因為身體的越發臃腫，行動越來越不便。

母親堅持著每年帶我去到各個寺廟任性地投擲筊杯，強硬地討要到神明對父親康復的「預言」，然後再一年年來責問，為什麼沒有兌現。

一年又一年，父親那睡去的左半身，越發沒有生機，但身材越發臃腫，而且似乎越來越肥碩。到了第四年的時候，每次摔倒，母親一個人都無法把他扶起來。

母親幾次氣急敗壞地到寺廟來討要說法。一次又一次，終於到那一年年底，她還是帶著我到一座座寺廟祭拜過去。

慣常性地擺供品，點燃香火，然後，她卻不再投擲筊杯，而是拉著我，跪在案前，喃喃祈禱起來了。

一開始我沒聽清，但把零碎聽到的隻言片語接合起來，漸漸明白母親在祈禱一個可怕的事情：千萬讓我丈夫一定死在我前面，不要讓他拖累我的孩子。如果我的陽壽注定比他少，請借我幾年陽壽，送走他後我再走。

我不幹了，生氣地責問母親。她一個巴掌過來，許久才說：「我是為你好。」

我任性地跪在地上乞求：「請讓我和父親、母親的壽命平均，全家一起走比較好。」

母親一聽，氣到連連地追打我，然後號啕大哭地對著神明說：「小孩說話不算數，請神明只聽我的。」

從寺廟回來的路上，母親打開天窗說亮話，異常冷靜地交待她認為的安排：「你呢，好好讀書，考個好大學，賺自己的錢，娶自己的老婆，過自己的日子，你父親就交給我，他活一年，我肯定會硬扛著多活一年，我會伺候他吃穿起居。」

「但是你現在已經扶不起他了。」

「我可以。」

「但是你以後怎麼能邊賺錢邊照顧他，而且你以後年紀大了，更沒辦法。」

「我可以。」

「但是你自己的身體也不好，肯定扛不住。」

母親不耐煩地白了我一眼：「我可以。」

「但你們是我父母啊。」

母親停下來，嚴厲地訓斥我：「你聽好了，我是命裡注定陪他過這坎的人，這是我們倆的事情，和你沒關係。」

「這是神靈說的。」母親補充了下。

母親這個可怕的祈禱，我從來不敢和父親說。

康復的希望漸漸渺茫後，父親已經整天對著家裡神龕中供奉的神靈絮絮叨叨地抱怨：「如果不讓我康復，就趕緊讓我走吧。」每次母親聽到了，總要追著出來發火：「呸呸呸，這是你的命數，不能向神明抱怨，是時候了，該走總會走，不是時候，別叨嘮神明。」

事實上，雖然一直在病榻，但因為母親的照顧，那幾年的父親，氣色反而格外地好，皮膚越發白裡透紅。母親見著人總和人驕傲地說：「我都把他照顧成大寶寶了，別看他行動不便，他至少能活到八十。」

母親這樣的判斷，我既為她緊張也同時跟著高興。父親越發臃腫，母親照料起來的難度越大，吃的苦頭要更多，但是如果父親能如此健康，母親無論如何都會和生活生龍活虎地纏鬥下去：她認定，照顧父親是她的使命。

然而，母親的預言終究是落空了。一個冬天，父親突然離世。

母親不能接受，在她的感覺中，雖然癱瘓的左身越發沒感覺，但是右身更有力量了，因為長期需要右邊支撐，父親的右手和右腳有著非常健碩的肌肉。「他沒理由一個跌倒就沒了，這麼結實，千摔萬倒的，連瘀青都沒有，怎能就這麼沒了。」

我從北京趕回家時，她依然在憤恨地不解著，然後，她開始準備出發了——她想去各個寺廟，向神明討要個說法。我趕忙把她攔住，她一下子軟在我身上大哭起來：「是不是神明誤解我了啊？我從沒覺得照顧他麻煩，我那樣祈禱，只是希望不拖累你，我照顧他到九十歲一百歲我都願意。」

「神明沒有誤解，或許是父親的劫數要過了，他活得這麼辛苦，罪已經贖完了。」

母親愣住了，想了想：「那就好，他難受了這麼多年，該上天享享福了。」

但是，葬禮張羅完第二天，她就開始做那個夢。「你父親肯定遇到什麼事情。」

「不是，他只是想你，來探望你。」

「不是的，我得幫他。」

「你怎麼幫他，你都不知道有什麼事情。」

「所以我去問清楚。」母親回答得異常認真。

要問「下面」的事，就得去找「巫」。

找巫人，讓他借身體給過往的靈魂，和陽間人通話，在我們這，叫「找靈」。

在我老家這個地方，伺候神鬼並不是多麼特殊的職業，就如同看病的、打漁的、賣菜的……鄉里談論起他們，並不會因此加重口吻，如同市集上任何一個店鋪的交易一般，還會像計較斤兩一般，對比著各個「巫女」的能力和性價比。

母親打聽來的說法，西邊那個鎮上有個「巫」，特長在撈人——即使隔個二三十年，靈體感應很薄弱了，他也能找到；而北邊村裡那個巫，和東邊的都擅長新往生的。北邊這個據說你什麼都不用說，那往生的人自然會報出自己是誰，以及提起過往的事情，只是，這個巫代靈魂傳話都必須用戲曲的唱腔；東邊這個，是你得自己說清要找誰，但他找到後也是一五一十會說過去的事情證明，他說的，倒是日常的口語。

對比了再三，母親決定找北邊村裡的那個巫。

「巫」是平常的職業，但找「巫」終究還是件得小心謹慎的事。

在我們這裡的人看來，這是去陽界和陰間的夾縫見個靈魂，一不小心冒犯到什麼，或者被什麼不小心纏住，那終究會帶來諸多麻煩。

母親還很猶豫是否讓我同行，據說，親人越多，靈體就越能找到準確的地方，出來和親人見面。然而，太過年輕的靈魂，在陰間人看來，生命力是最讓他們迷戀的，最容易招惹什麼。

母親把心中的猶豫和我說了，因為內心的好奇，我倒是異常踴躍，而對於母親的擔心，我提議，為什麼不找你的神明朋友幫幫忙，請祂給我出個符紙什麼的。

母親一下子覺得是好主意。出去一個下午給我帶來了十幾張各個寺廟裡的護身符，以及一整包香灰。

母親告訴我，許多神明不是那麼同意去「找靈」的，神明大概的意思是，死生是命數，孽障能否在這一世清結完畢也是命數，沒有必要去打擾探尋，多做努力。「但我反問神明，那活著的人一定要做善事是為了什麼，就是力求在這一代把罪責給清了不是嗎？他現在往生了，但他還可以再努力下。」我知道母親一向頑固的性格，以及她向神明耍賴的本事。

「結果神明贊同了我們的努力。」母親滿意地說。

母親先請一炷香，嘴裡喃喃自己是哪個鎮哪個地區想要找什麼人。

我再請一炷香，描述這個人什麼時候往生，年齡幾何。

然後一起三次叩首。

做完這些，巫人的助手就叫我們到庭院裡等著。

這巫人住的房子是傳統民居，兩列三進的石頭紅磚房，看得出祖上是個大戶人家。至於為什麼有個子孫當上巫人，而且似乎其他親人都離開了這大宅，倒無從知曉了。

那巫人就在最裡面的大房裡，大房出來的主廳，擺設著一個巨大的神龕，只是和閩南普通人家不一樣，那神龕前垂著一塊黃布，外人實在難以知道，裡面祭拜的是什麼樣的神鬼。

任何有求於巫人的來客，都先要燃香向這些神龕背後的神鬼訴說目的，然後做三叩首，便如同我們一樣，被要求退到第二進的庭院裡。人一退到第二進的房子，第一進的木門馬上關住了，那木門看得出是有些年頭的好木，很沉很實，一閉合，似乎就隔開了兩個世界。

我們退出來時，第二進的庭院裡滿滿都是來找靈的人，他們有的在焦急地來回踱著步，仔細聆聽著第一進那頭傳來的聲音，大部分更像是在疲倦地打盹。

然後第一進裡傳來用戲曲唱的詢問：「我是某某地區某某村什麼時候剛往生的人，我年齡幾歲，可有妻兒、親戚來尋。」

合乎情況的人就痛哭出聲：「有的，你家誰誰和誰誰來看你了。」

然後門一推，裡面一片夾雜著戲曲唱腔的哭聲纏在一起。

事先在敬香的時候，巫人的助手就先說了：「可不能保證幫你找到靈體，巫人每天要接待的亡靈太多，你們有聽到自己的親人就應，不是就改天再來。」

其實坐下來觀察一會兒，我就對這套體系充滿質疑了。自己在心裡尋思，可能是巫人派人到處收集周圍所有人的死訊，並瞭解初步的情況，然後隨機地喊著，有回答的，那巫人自然能假借「亡靈」之口說出個一二三。

我正想和母親解釋這可能的伎倆，裡面的戲曲唱腔響起：「可有西宅某某某的親人在此，我拄著拐杖趕來了。」

母親一聽拄著拐杖，「哇」一聲哭出來。我也在糊裡糊塗間，被她著急地拉了進去。

進到屋裡，是一片昏暗的燈光。窗子被厚厚地蓋上了，四周瀰漫著沉香的味道。那巫人一拐一拐地向我們走來，我本一直覺得是騙局，然而，那姿態分明像極了父親。

那巫人開口了：「我兒啊，父親對不起你，父親惦念你。」我竟一下子遏制不住情緒，號哭出聲。

那巫人開始吟唱，說到他不捨得離開，說到自己偏癱多年拖累家庭，說到他理解感恩妻子的照顧，說到他掛念兒子的未來。然後停去哭腔，開始吟唱預言：「兒子是文曲星來著，會光耀門楣，妻子隨自己苦了大半輩子，但會有個好的晚年……」

此前的唱段，字字句句落到母親心裡，她的淚流一刻都沒斷過。然而轉到預言處，卻不是母親所關心的。

她果然著急地打斷：「你身體這麼好，怎麼會突然走，你夜夜托夢給我，是有什麼事情嗎？我可以幫你什麼嗎？我到底能為你做什麼？」

吟唱的人，顯然被這突然的打斷干擾了，那巫人停頓了許久，身體突然一直顫抖。巫人的助手生氣地斥責母親：「跟靈體的連接是很脆弱的，打斷了很損耗巫人的身體。」

顫抖一會兒，那巫人又開始吟唱：「我本應該活到八九七十二歲，但何奈時運不好，那日我剛走出家門，碰到五隻鬼，他們分別是紅黃藍青紫五種顏色，他們見我氣運薄弱，身體殘疾，起了戲耍我的心，我被他們欺負得暴怒，不想卻因此得罪他們，被他們活生生，活生生拖出軀體……」

母親激動地又號哭起來。剛想插嘴問，被巫人的助手示意攔住。

「說起來，這是意外之數，我一時無所去處，還好終究是信仰之家，神明有意度我，奈何命數沒走完，罪孽未清盡，所以彷徨迷惘，不知何從……」

「那我怎麼幫你，我要怎麼做。」母親終究忍不住。

「你先引我找個去處，再幫我尋個清罪的方法。」

「你告訴我有什麼方法。」

母親還想追問，那巫人卻突然身體又一陣顫抖，助手說：「他已經去了。」

最終的禮金是兩百元。走出巫人的家裡，母親還在啜泣，我卻恍惚醒過來一般，開始著急要向母親拆解這其中的伎倆。

「其實一看就是假的……」我剛開口。

「我知道是你父親，你別說了。」

「他肯定打聽過周圍地區的亡人情況……」

母親手一擺，壓根不想聽我講下去：「我知道你父親是個意外，我們要幫你的父親。」

「我也想幫父親，但我不相信……」

「我相信。」母親的神情明確地表示，她不想把這個對話進行下去。

我知道，其實是她需要這個相信，她需要找到，還能為父親做點什麼的辦法。

還是神明朋友幫的忙，在各寺廟奔走的母親，終於有了把父親引回來的辦法：「只能請神明去引，只不過神明們各有司命，管咱們陽間戶口的是公安局，管靈體的，就是咱們的鎮境神。」母親這樣向我宣佈她探尋到的辦法。

我對母親此時的忙碌，卻有種莫名其妙的瞭解和鄙夷。我想，她只是不知道如何面對自己內心的難受。我察覺到她的脆弱。

她在投入地奔忙著，我則不知所措地整天在街上晃蕩。因為一回家，就會真切地感知到，似乎哪裡缺了什麼。這樣的感覺，不激烈、不明顯，只是淡淡的，像某種味道。只是任它悄悄地堆積著，滋長著，會覺得心裡沉沉的、悶悶的，像是消化不良一般，我知道，這可能就是所謂的悲傷。

按照神明的吩咐，母親把一切都辦妥了。她向我宣佈，幾月幾日幾點幾分，我們必須到鎮境神門口去接父親。「現在，鎮境神已經找到，並在送他回來的路上了。」

我卻突然不願意把這戲演下去，冷冷地回：「你其實只是在找個方式自我安慰。」

母親沒回答，繼續說：「你到時候站在寺廟門口，喊著你爸的名字，讓他跟你回家。」

「只是自我安慰。」

「幫我這個忙，神明說，我叫了沒用，你叫了才有用，因為，你是他兒子，你身上流著的是他的血。」

第二天臨出發了，我厭惡地自己徑直往街上走去。母親見著了，追出來喊：「你得去叫回你爸啊。」

我不應。

母親竟然撒腿跑，追上我，一直盯著我看。眼眶紅紅的，沒有淚水，只是憤怒。

終究來到了寺廟門口。這尊神明，對我來說，感覺確實像族裡的長輩。在閩南這個地方，每個片區都有個鎮境神，按照傳說，祂是這個片區的保護神，生老病死，與路過的鬼魂和神靈的各種商榷，為這個地方謀求些上天的福利，避開些可能本來要到來的災害，都是祂的職責。從小到大，每年過年，總要看著宗族的大佬，領著年輕人，抬著鎮境神的神轎，一路敲鑼打鼓，沿著片區一寸寸巡邏過去，提醒著這一年可能要發生的各種災難，沿路施予符紙和中藥。

按照母親的要求，我先點了香，告訴鎮境神我來了，然後就和母親站在門口。

母親示意我，要開始大喊。

我張了張嘴，喊不出來。

母親著急地推了推我。

我才支支吾吾地叫了下：「爸，我來接你了，跟我回家。」

話語一落，四下只是安靜的風聲。當然沒有人應。母親讓我繼續喊，自己轉身到廟裡問卜，看父親是否回來了。寺廟裡，是母親擲筊的聲音。寺廟外，我一個人喃喃喊著。喊著喊著，聲音一哽，嘴裡喃喃說：「你如果真能聽到，就跟我回來，我好想你了。」

裡面母親突然激動地大喊：「你父親回來了。」

我竟然禁不住，大聲號啕起來。

在父親被「引回來」的那幾天，家裡竟然有種喜慶的味道。母親每天換著花樣做好了飯菜，一桌桌地擺上供桌。她還到處約著巧手的紙匠人，今天糊個手機，明天糊個摩托車……那都是父親殘疾時念叨著想要的。

又幾天的求神問卜，母親找到了為父親「清罪」的辦法——給一個神靈打下手，做義工，幫忙造福鄉里——有點類似美國一些犯小罪過的人，可以通過社區勞動補償社會。我和母親開玩笑地說：「神明的方法還這麼現代啊。」

母親嚴肅地點點頭：「神明那也是與時俱進的。」

又經過幾天的求神問卜，母親為父親找到了做「義工」的地方：白沙村的鎮海宮。

白沙村是小鎮聞名的旅遊地。老家那條河，在這裡瀟灑地拐了個彎，然後匯入了大海，呈三角狀的白沙村，因而三面鋪滿了細細的白沙。從小到大，學校所謂郊遊的旅遊地，毫無疑問是白沙。

鎮海宮就在那入海口的犄角處。小時候每次去白沙，都可以看到，在老家的港灣休憩好的漁船，沿著河緩緩走到這個犄角處，對著鎮海宮的方向拜一拜，然後把船開足馬力，徑直往大海的深處行駛而去。

父親做海員的時候，每週要出兩三趟海，「這廟因此被他拜了幾千遍了，所以這裡的神明也疼他，收留他。」第一次去「探視」的路上，母親和我這麼說。

送父親到這寺廟做義工，對他來說，似乎是簡單的事情。母親點燃了香燭，和家裡神龕供奉的神明說：「鎮海宮已經答應接受我丈夫去幫忙，還請神明送他一程。」然後，我們就趕緊帶上供品，跟著到鎮海宮來探視。

我是騎著摩托車帶母親去的。從小鎮到白沙村，有二十多公里。都是沙地，而且海風刮得凶，我騎得有點緩慢，這讓母親有充分的回憶機會。她指著那片沙灘，說：「我和你父親來這裡看過海。」路過一家小館子說：「你父親當年打算離開家鄉去寧波時，我們在這吃的飯……」

到了鎮海宮，一進門，是那股熟悉的味道，一切還是熟悉的樣子。我總覺得寺廟是個神奇的所在，因為無論什麼時候進來，總是同樣的感覺，那感覺，或許是這肅穆又溫暖的味道塑造的，或許是這年復一年在神靈案前念誦經文、祈求願望的俗眾聲音營造的。

廟裡的住持顯然已經知道了父親的事。他一見到母親，就親切地說：「你丈夫來了，我剛問過神靈了。」他泡上了茶，遞給母親和我：「別擔心，這裡的神明肯定會照顧好他的，他從小就和這裡的神明親。」

茶很香，太陽很好。爬進寺廟，鋪在石頭砌成的地板上，白花花的，像浪。

「那他要做什麼事情啊？」

「他剛來，性格又是好動的人，估計神明會打發他跑腿送送信。」

「但他生前腿腳不好，會不會耽誤神明的事情啊？」

「不礙事，神明已經賜給他好腿腳了。你家先生是善心人，雖然有些糾葛還沒解完，但他做了那麼多好事，神明會幫的。」

「那就好。」母親放心地眯眯笑。

接下來的話題，是關於父親和這座廟宇的各種故事。坐了一個下午，母親不得不回去準備晚飯了。臨行前，猶豫再三的母親終於忍不住問：「他忙完了，做得好不好啊，會不會給神明添麻煩了，你能幫我問問嗎？」

住持心領神會地笑了，徑直到案前問卜了起來。

「笨手笨腳的，做得一般，但神明很理解。」

母親一下子衝到案前，對著神龕拜了起來：「還請神明多擔待啊，我家先生他從來就是笨手笨腳的。」然後似乎就像對著父親一樣小聲地教訓起來：「你啊，多耐心點，別給神明添麻煩。」

母親確實不放心，第二天吃完中午飯，雖然看不見也聽不見那個「正在做義工的父親」，母親還是堅持讓我帶她來探視。

住持一樣泡了茶，陽光一樣很好。他們一樣聊著父親和這寺廟的各種事。臨行前，母親同樣忍不住問住持，住持一樣當即幫忙問卜。這次的答案是：今天表現有進步了。

「真的啊，太好了，值得表揚，我明天做你愛吃的滷鴨過來。」於是又三四十分鐘的摩托車車程。

再隔天，吃完午飯，母親又提出要來探視，當然還帶上滷鴨……慢慢地，住持的答案是「不錯了」、「做得越來越好」、「做得很好，神明很滿意」。母親每次要到鎮海宮時，總是笑容滿面的。

算起來，父親的義工生涯滿滿一個月了。按照母親此前問卜的結果，父親先要在這做滿一個月，如果不夠，再轉到另外一座廟——那意味著還要找另外收留的神明。

這天午飯後準備出發時，母親像是一個準備去看揭榜的人，意外地心神不定。一路上，她一直追著問：「你覺得你父親這個月表現合格了嗎？他肯定要犯些錯，但神明會理解嗎？你覺得你父親在那做得開不開心？」

我一個問題都回答不上來。

我們一進到寺廟，住持果然又泡好了茶。

母親已經沒有心思喝茶：「我先生他合格了嗎？」

住持說：「這次別問我，你坐在這休息一下，傍晚的時候你自己問卜。」

這次，母親顧不上喝茶、說故事了。她搬了廟裡的那把竹椅，安靜地坐著，慢慢地等著陽光像潮水般退去，等待父親接下來的命運。

或許是太緊張，或許太累了，等著等著，母親竟然睡著了。

站在鎮海宮往外望，太陽已經橙黃得如同一顆碩大的橘子，正一點一點，準備躲回海裡了。

我輕輕搖醒母親，說：「該問卜了。」

被我這一搖，母親突然從打盹中醒來，醒來時臉上掛著笑。

「不用問卜了。」母親說。

她說她看見了，看見父親恢復成二十出頭的樣子，皮膚白皙光滑，肉身才剛剛被這俗欲打開完畢，豐滿均勻，尚且沒有歲月和命運雕刻的痕跡。他剪著短髮，身體輕盈，朝母親揮揮手，就一直往隱祕模糊的那一方游過去。身影逐漸影影綽綽，直到完全的澄明。

「他走了。」母親說：「他釋然了，所以解脫了。」

說完，母親的眼眶像泉眼一樣流出汪汪的水。

我知道，有多少東西從這裡流淌出來了。

要離開鎮海宮的時候，母親轉過頭，對鎮海宮裡端坐著的神明笑了笑。我則在一旁，雙手合十，喃喃說著：「謝謝您，母親的神明朋友們。」

我再一次相信神明了。

張美麗

張美麗的故事在學校大受歡迎。據說，她本來是個乖巧美麗的女人；據說，她喜歡上一個跟著輪船來這裡進貨的外地男人……

張美麗本人確實很美麗，這是我後來才確認的。

在此之前，她的名字是一個傳說。

小學時，我每天上課需要經過一條石板路，石板路邊有一座石條砌成的房子，每到黃昏，胭脂一般的天色，敷在明晃晃的石板路上，把整條巷子烘托得異常美好。

也是每到這個時刻，就會聽到一個女人啜泣的聲音，淒淒婉婉，曲曲折折。也因此，那座房子在這所學校的學生嘴裡，被講述成一個女鬼居住的地方。女鬼的名字就叫張美麗。

年少的時候，身體和見識阻礙了內心急於擴張的好奇。傳奇故事因而成了急需品：關於俠客，關於女鬼，還有關於愛情。

張美麗的故事在學校大受歡迎，因為以上三要素兼有。

據說，她本來是個乖巧美麗的女人，據說，她喜歡上一個跟著輪船來這裡進貨的外地男人，據說那男人長得身材魁梧好打抱不平。在這個小鎮，結婚前女人不能破身，她卻私自把自己給了那男人，他們曾想私奔，最終被攔下，張美麗因而自殺。

張美麗的故事在當時一下子成了負面典型。在那個時代，身處沿海地帶的這個小鎮，開始有酒樓的霓虹燈，以及潮水般湧來的，前來販賣私貨的人。

小鎮的每個人，都在經歷內心激烈的衝擊，他們一方面到處打聽那些勇敢邁進舞廳的人，打聽那白白的大腿和金色的牆面，另一方面又馬上擺出一種道貌岸然的神情，嚴肅地加以批評。

但誰都知道，隨著財富的沸騰，每個人的內心都有各種欲求在湧動。財富解決了飢餓感和貧窮感，放鬆了人。以前，貧窮像一個設置在內心的安全閥門，讓每個人都對隱藏在其中的各種欲望不聞不問，然而現在，每個人就要直接面對自己了。

那段時間，似乎男女老少都躁動不安，又愁眉緊鎖，老有男人和女人各自聚集在角落，喟嘆，以前窮的時候怎麼沒那麼多煩擾。聽完，彼此相對點點頭，卻一副各有心思的樣子。

幸虧有張美麗。張美麗作為一個淪陷的標誌，牢牢地立在欲望的懸崖邊，被反覆強化，反覆講述。關於她的細節，成了這個小鎮用來教育孩子的最好典型：不准和外地人講話，不要和男同學私下見面，不能靠近那種漂染頭髮的髮廊……說完不准，大人們會用這樣的話收尾：要不你就會像張美麗那樣，名聲臭遍整個小鎮。

小鎮沒預料到的是，與妖魔化同時進行的，是神化。

關於張美麗的很多據說，後來就變成了更多的據說。關於她與男友約會如何被抓，關於她身上有種香味能讓男人一聞就忘不掉，關於她男人其實是個開國將軍的後代……

張美麗在我的心中變得栩栩如生又面目模糊。在過濾掉眾多資訊之後，唯一烙印在我們這群學生心中的是，據說「張美麗長得好像色情月曆上，那些靠著摩托車擺姿勢的女郎」。

那時候，一股莫名的衝動開始在我們這群男同學的內心湧動，我們後來明白那叫性衝動，並且，彼此交流起偷偷收集來的色情照片。而張美麗，一個性感如摩托車女郎的女鬼，總讓我們在夜晚提到的時候，血脈賁張。

如果當時小鎮有給學生評選所謂的性感女神，張美麗必然當選。而我癡迷《紅樓夢》的同桌則說，張美麗就是那通靈仙子。

那時代太喧鬧了，只要看到頭髮染色、穿稍微豔色一點衣服的外地女郎走過，大人就要捂住孩子的眼睛說，妖怪來了小孩不要看。過了不到兩年，小鎮的婦女也開始競賽般爭著挑染各種時髦的色彩──要不怎麼和勾引老公的外地狐狸精比。

路上到處是拿著大哥大、粗著嗓子說話的大老闆，還有不知道從哪冒出來的、濃妝豔抹的各地姑娘。

張美麗的傳說徹底消失了，被那妖嬈閃爍的霓虹燈和滿街走動的「公主們」的故事徹底淹沒。最後連小巷盡頭的啜泣聲，也消失了。

我竟然莫名失落。我想像過太多次張美麗的樣子，而現在，她似乎就要完全不見了。

實在遏制不住好奇的我，拉上鄰居阿豬，決定做一次探險。我們兩個人，各自帶著手電筒、彈弓和大量的符紙，專業的阿豬還從當師公（為亡靈超度的道士）的爺爺房裡偷來了桃木劍。走到半路，阿豬問我們為什麼要做這樣的探險。我愣了很久：「難道你不想看下張美麗？」

阿豬猶豫了好半天：「很想，但很怕。」

最終還是上路了。

越逼近她家門口，我就越感覺自己有一股莫名其妙的熱潮在攢動，甚至往褲襠中央那地方奔突。我意識到這次探險的本質是什麼，因而越發亢奮。

阿豬用桃木劍輕輕推開那木門，兩個女人的對話從那稍微張開的門縫飄出來。我的眼光剛鑽進門縫，看到一張瘦削蒼白的臉，就馬上感覺，她也在直直地盯著我看。阿豬顯然也感覺到了，大喊了一聲「鬼啊」，倉皇而逃。

我在那一刻也確信那就是鬼，來不及多想就往家裡奔，把自己關在家裡，心撲撲地躥，而下體控制不住地立了起來——

這段探險我當然沒和家裡任何人說起，但那瘦削蒼白的臉像烙在心裡了，走到哪都不自覺浮現，在那蒼白中，臉慢慢清晰，清晰成一對眼睛，撲閃撲閃地看著我。她不再讓我感覺恐懼，相反，她讓我很願意在思維被打斷後，繼續投入冥想中去。

那幾天，我因而老恍神。甚至吃飯的時候，筷子一不小心就掉了下來。掉到第三次，母親氣到用手敲了一下我的頭：「被鬼勾走魂魄了啊？」

她無意的一說，卻直直切入我的恐慌——難道這就是被鬼勾魂？

接下去那幾天，我一想到那張臉就恐慌，背著父母，偷偷到廟裡去拜拜，求了一堆符，放在身上，卻還是會不自覺地想起那張臉。

到最後，我甚至恐慌地看到，那張臉對我笑了。

這樣的折磨，幾乎讓我失眠了，而且讓我更羞愧的是，一次次夢遺，身體越發地虛脫。那天下午，我終於鼓起勇氣打算要向母親承認，我被女鬼勾了魂。

不想，母親拿著喜帖進了家門，樂呵呵地說，巷尾那張美麗要結婚了。

她不是死了嗎？

哪有？是她做了丟臉的事情，所有人覺得她應該死了。不過現在也好了，那外地人做生意發了家，來迎娶她了。雖然她父母還是很丟臉，出了這麼個女兒，但是，終歸是個好事。

張美麗的婚禮在當時算極鋪張，卻也異常潦草。

按照老家的風俗，要備的彩禮，都翻倍地備，要送街坊的喜糖包，也是最好的那些品牌。婚宴是在老家最好的酒店舉辦，然而，作為新娘的張美麗，和她那神祕的丈夫，只是在酒席的開始露了一下臉，同大家舉了一下杯，就馬上躲回那至親才進得去的包廂。

第二天，張美麗就去東北了——她丈夫的老家。

我只知道東北在老家的正北邊。我偶爾會站到小鎮那條唯一的馬路中間，想像，就沿著這條路，直直、直直地往北走，應該就可能在哪個路邊碰到張美麗。

我一直堅信自己將有一天會到達，所以為了到時候認出她，我反覆想像著那張臉。

但時間像水一樣，把記憶裡的那張臉越泡越模糊，模糊到某一天我突然發覺自己好像忘記張美麗了。

我開始惆悵地想，難道這就是人生。為此還寫下了幾首詩歌。

其實書呆子哪懂青春的事情。

張美麗的青春才是青春。

兩年後，張美麗突然回來了，她穿著開衩開到大腿的旗袍，頭髮燙的是最流行的屏風頭，一脖子的項鍊，還有滿手的戒指。

據說那天她是從一輛豪華車裡下來的。我沒親眼目睹她回來的盛況——

那是上課的時間。但我腦海裡反覆想像萬人空巷的那個場景。

過了幾天，關於她的最新消息是：原來她離婚了。這是她回來的全部原因。

但離婚是什麼？小鎮的人此前似乎從來沒有意識到，有離婚這樣的事情。

學校對面突然開了一家店。外面是不斷滾動的彩條，裡面晚上會亮起紅色的燈。那是張美麗開的，街坊都那麼說。

據說她回來第三天就被家裡趕出來，她就搬到這裡。我唯一確定的是，紅燈亮了三天，小巷的拐彎處貼著一張毛筆字寫的聲明：特此聲明，本家族與張美麗斷絕一切關係，以後她的生老病死都與本家族無關。

字寫得倒很漂亮，一筆一畫剛勁有力。顯然是很有修為的老人寫的。這字，也可見這家人的學養。但圍觀的人，都是捂著嘴偷偷地笑。

我每天進學校前，都要路過那家店。每天一早七點多，店門總是緊緊關閉著，上面貼滿了字條。我好幾次想衝上前去看，然而終究沒有冒險的膽量。直到第二週，特意五點半起了個大早，才敢走上前去看。店面口貼滿了歪歪斜斜的字：不要臉、賤人、狐狸精去死。

我邊看字邊觀察是否有人經過，遠遠地看到有人來了，趕緊蹬著自行車往學校裡衝。

張美麗開的是什麼店？這個疑問讓她再次成為傳奇。

有人說，那是一片酒池肉林，別看店面小，一開門，裡面地下有兩層，每層都有美女招待，誰走進去都是一片又親又摸。

有人說，那是一家高級的按摩店。有種國際進口的躺椅，把你按得全身酥麻，爬都爬不起來。

每個晚上，男生宿舍一定要講這個傳奇，講完後，各自忙活起來。

魁梧哥竟然來了——這是小鎮學生送給張美麗前夫的暱稱。

一開始沒有人信，但漸漸地可以看到，確實有一個男人在傍晚的時候，會拉出一把椅子在外乘涼。

然後街坊會在半夜聽到吵鬧的聲音、摔盤子的聲音。第二天傍晚，還是看到那男人若無其事地搬椅子出來在那乘涼。

房子裡面究竟發生了什麼，或許連當事者都說不清楚。只是最後，某一天，彩條燈拆了，店門大大方方打開了，門楣上掛了個牌子：美美海鮮酒樓。

從此可以光明正大地看到張美麗了，她總是笑咪咪地站在櫃檯前迎客。然而小鎮本地的人是堅決不去的，捧場的都是隨貨船從外地來進貨的商人。

站在學校這邊，就可以看到，那確實是張美麗的店，充滿著和這個小鎮完全不搭的氣質：金邊的家具，晶瑩的玻璃珠簾，皮質的座椅，服務員都是外地來的高眺美女。充滿著「妖嬈的氣息」——小鎮的人都這麼形容。

張美麗的小店，和我們的小鎮，就這樣充滿著這種對立的感覺，而在小鎮人的口氣中，彷彿永遠是：張美麗代表一種什麼勢力，在侵蝕著這個小鎮。

如果這是場無聲的戰爭，結果上，張美麗似乎獲勝了。隔壁店面也被盤了下來。漸漸地，一些本地的老闆們「不得不進出」美美海鮮酒樓。「沒辦法，外地的客戶都喜歡到那。」——進去過的人，在極盡形容後，都這樣解釋。

緊接著，終於有一天，小鎮某個大佬的兒子結婚，其中一個場子安排在那。

那個下午，我其實異常緊張，父親也收到請柬了，他被安排在美美海鮮酒樓，對方特意交代，那個會場邀請的都是各地的商人，去了可以幫著開拓生意。

我自告奮勇提出陪父親去，卻被母親惡狠狠地拒絕了。我只好趴在窗前，看猶豫不決的父親，躊躇著往那走。

很好吃的餐館。父親回來這麼說。這是他唯一能說的東西，這也是小鎮其他人唯一能評價的方式。事實上，張美麗的店，就味覺上的正當性，避開那些種種曖昧和複雜的東西，重新與小鎮發生關係了。

學校的一些校舍要翻修了，宗族大佬開始號召每個人響應捐款。開賣場的蔡阿二猶猶豫豫，開電器行的土炮扭扭捏捏，張美麗卻激動了。一個人跑到學校，進了校長室說，我捐五萬。

在那個時候，五萬是很多的錢，可以建一棟小房子。

然而校長猶豫著沒接過來。說，再考慮看看。

最終學校公佈的捐款名單上沒有張美麗。

不久，地方大宗族的祠堂要翻修一個小工程，張美麗又跑去認捐了。出來的最終名單依然沒有她。

直到年底，媽祖廟要拓寬一個小廣場，張美麗的名字終於落上去了。「五萬元：信女張美麗」。這是最高的捐款金額，卻被刻在最低的位置。但張美麗很高興，那段時間可以看到，她時常一個人溜達到那，彎著腰，笑咪咪地看著刻在上面的她的名字。

而我也時常守在媽祖廟旁邊的雜貨店，看著她一個人在那笑得像朵花。

我考上高中的時候，張美麗的身份已經是鎮企業家聯合會副會長。她的美美海鮮酒樓就坐落在入海口，整整五層樓。

學校犒勞優秀學生的酒會是她贊助的，坐在金燦燦的大廳裡，她拿著演講稿，說著報效祖國、建設國家的這類話。

她有了雙下巴，厚厚的脂粉掩不住頭上開始攀爬的那一條條皺紋。但她依然很美。

其實，宗族大佬們對學校接受張美麗的好意並不是很滿意。張美麗現在不僅僅是海鮮樓的老闆，還是隔壁海上娛樂城的老闆。

連鄰近的幾個小鎮都知道這海上娛樂城。據說那裡有歌廳、舞廳、咖啡廳和ＫＴＶ包房，還有種種「見不得人的生意」。學生裡傳得最凶的是，那裡有賣毒品。據說前段時間退學的那學生，就是在那染上的性病。學校領導三令五申地禁止學生靠近那娛樂城，而父母每晚都要講那裡的罪惡故事。我知道，小鎮對張美麗的新一輪討伐正在醞釀。

沿著一堵牆，美美海鮮酒樓的旁邊就是海上娛樂城。那天飯桌上我不斷走到窗邊，窺視那個霓虹閃爍的娛樂城。

這娛樂城是個巨大的建築群，中間一個主建築應該是舞廳，周圍圍了一圈歐陸風格的別墅。據說每棟別墅都有不同主題：有的是抒情酒吧，有的是迪斯可舞廳，有的是高雅的咖啡廳。

飯局結束後，老師安排作為記者團團長的我，採訪「優秀企業代表」張美麗。

採訪安排在她的辦公室。

那天她穿著黑色的絲襪，配上帶點商務感覺的套裝，我還沒開口就全身是汗——這是我第一次和她說話。

在一旁的老師附在耳邊提醒我，這次採訪不用寫出來，只是對方要求的一個形式。

我知道，那對張美麗是個儀式，獲得認同的儀式。我支支吾吾地問了關於對中學生有什麼建議這類無聊的話題，她努力按照想像中一個德高望重的女人該使用的語言和動作表現。

顯然結果她很滿意，採訪中當即表示捐款支援學校成立記者團。老師和她握手慶祝，一切功德圓滿。

在帶上她辦公室門的時候，我忍不住轉頭想再看她一眼，卻一不小心看到，她像突然洩氣一般，後腦勺靠在座椅背上，整個人平鋪在那老闆椅上，說不出的蒼老和憔悴。

宗族大佬、家長和學校越禁止的東西，越惹得孩子們想要冒險。一撥撥等不及長大的同學，偷偷溜進那個娛樂城，然後興奮地和大家描述裡面讓人「爽呆了」的種種。

進或者不進那娛樂城，在學生的小幫派看來，是有種或沒種的區別。而在小鎮家長們看來，是好孩子或者壞孩子的分界線。

漸漸地，傳到我耳朵裡的傳說越來越多：聽說娛樂城裡出了四大天王，聽說他們各自擁有不同的絕招，領銜不同的生意，聽說他們開始在學校發展手下。

我倒一直不相信發展手下，真是娛樂城裡管理層推進的。無論從哪個角度考慮，都完全沒必要，甚至是自討苦吃的事情。我的猜想是，娛樂城的員工為了炫耀，而自發組織的。但無論如何，確實是因為娛樂城的存在。

小鎮裡的怒氣正在積蓄，開始有宗族大佬和婦女機構，到每一戶人家拜訪，要簽訂什麼取締請願書。而張美麗的回擊是：鎮政府大樓修建，她捐助了二十萬。

局勢就這樣僵持著，整個小鎮都躁動著，就等著一點火花，把所有事情引爆。

火花終於在我讀高三的第一個假期燃起了，娛樂城裡發生了一起惡性打鬥事件。一個人被當場打死。那人是當地一名大佬的兒子。

那簡直是一場圍剿。大批大批的小鎮居民，圍在娛樂城門口扔石頭，辱罵，要求娛樂城關閉。

那個下午，我以學生記者的身份趕去現場了。

老的少的、相干不相干的，都聚集在那。罵的還是幾年前的那些話：「不要臉」、「賤人」、「狐狸精去死」……

張美麗出來了，就站在主樓的屋頂上。她拿著擴音器，對著圍觀的人喊：「這是一場意外，請鄉親們理解，我會好好處理……」

一句話還沒說完，開始有人憤怒地拿起石頭，咬牙切齒地往她的位置砸去。

但她站得太高了，石頭一顆都靠近不了。

人流分開了，她的母親顫顫悠悠地走出來，對著樓上的張美麗，哭著喊：「你就是妖孽啊，你為什麼那時候就不死了算了，你為什麼要留下來禍害……」

擴音器旁的張美麗估計很久沒看到母親了，哭著喊：「媽，你要相信我，我對天發誓，我從以前到現在從沒做過傷天害理的事情，我真的從來沒有。」

她的母親顯然已經崩潰了：「你就是妖孽，你就是妖孽，我當時應該掐死你。」

魁梧哥到屋頂來了，拉著張美麗回屋裡去。

眾人的罵聲又持續了一陣，漸漸消停了。

那個晚上我沒聽到聲響，是第二天醒來後才知道的。張美麗當晚跪在自己宗族的祠堂門口，大聲哭著，對天發誓自己沒有作孽：「除了一開始追求愛情，我沒有做娼妓，沒有賣毒品，我只是把我覺得美的、對的、我喜歡的，都做成生意，我真沒有作孽……」

哭完，她狠狠地往祠堂的牆撞去。

第二天祠堂大佬起來才看到，張美麗死在祠堂的門口，流出來的血都凝結了，像沉壓已久的香灰。

按照宗族的規矩，人死後，要在自家或者宗族祠堂做法事，然後再落葬。最後還要擺一個木牌在祠堂裡，這樣靈魂才會安息。

然而，無論家裡還是祠堂都不願接收，更別說木牌了。按照傳說，這無法安息的魂靈，將沒處安身，只能四處遊蕩——這是宗族對一個人最大的懲罰了。

張美麗確實成了孤魂野鬼了。

最終是魁梧哥料理張美麗的後事，他堅持要辦一場隆重的葬禮。儘管小鎮上沒有一個人參加，他還是請來隔壁鄉鎮幾十支哀樂隊，咿咿呀呀了三天三夜。

哀樂一停，魁梧哥就把所有人散了，一把火燒了整個娛樂城。沒有人打救火電話，也沒有消防車前來。小鎮的人就冷冷地看著娛樂城燒了一天一夜。待煙火散去，開始有人拿鞭炮出來燃放——按照小鎮的風俗，誰家病人好了，要放鞭炮。

大學都畢業六年了，一個已經成了大老闆的高中同學才組織說，應該紀念下高中畢業十周年。遠在北京的我接到他特意發過來的請柬。請柬是傳統的紅紙鑲金，打開來，聚會的地點竟然是海上娛樂城。

因為後來考上大學我就離家，實在不清楚，這娛樂城竟然重新開張了。這娛樂城和張美麗的娛樂城完全不一樣，原本走進去正對的主樓，現在變成了一片綠地，不過周圍分佈的，還是一棟棟別墅。到處都是厚重的低音炮一浪一浪地襲來，而每條路上，一個個打扮入時的男男女女親密地親吻。

那天我到得晚，大部分同學都已經聚集了。雖然我提醒自己別說這個話題，但終究忍不住問：「怎麼這娛樂城又建了？」

做生意的那同學乾笑了兩句：「有需求當然就有人做生意，小鎮這麼有錢，有錢總要有地方花。」

我沒問下去了。

「有欲望就有好生意，人民幣教我的。」同學繼續不依不饒。

喝了幾巡酒，有同學開始調侃我：「對了，張美麗不是你夢中情人嗎？」

我臉一紅，說不出話。旁邊有同學起鬨道：「有什麼好害羞的，我也想像著自己爽了好多次。」

當中有人提議，敬張美麗。那大老闆搶過話去：「我謹代表一代熱血青年，敬這位偉大的小鎮啟蒙運動奠基人，審美運動發起者，性開放革命家……」

眾人跟著歇斯底里地喊：「敬偉大的張美麗！」

我一聲不吭，拿著酒走到一個角落，剛好看到那片綠地。我反覆想起，那石頭房子，那蒼白的臉。「她終究是個小鎮姑娘，要不她不會自殺的。」我對自己說。

同學們還在起鬨，說著這地方曾經淫蕩的種種傳說。

我突然心頭衝上一股怒火，把酒杯狠狠往地上一摔，衝出去，一路狂跑，一直狂跑，直到我再也看不見那個噁心的娛樂城。

阿小和阿小

香港阿小就像被接走的外星人，理性的我早判定，他和我是兩個時空的人……
只有一個人，提醒著香港阿小的存在——我家前面那個阿小。

阿小和阿小是兩個人。

小學五年級前，我只認識一個阿小。他住在我家前面的那座房子。

那是座標準的閩南房子：左主房，右主房，中間一個天公廳——這是專門用以供奉神靈和祭祀的廳，閩南家家戶戶都供著一個神仙團，節日繁瑣到似乎天天都在過。

接著下來是左廂房、右廂房，中間一個天井。本應該接著連下來的，是左偏房、右偏房，中間一個後廳，他們家當時沒能力一口建完，草草地在天井附近就收尾，把空出來的地，圈出了個小庭院，裡面種了芭蕉樹，養了一條黑色的土狗。

那是個海邊典型的漁民家庭。他父親從小捕魚，大哥小學畢業後捕魚，二哥小學畢業後捕魚。母親則負責補網，還有到市場叫賣收獲的海鮮。他當時還沒小學畢業，不過他幾次和我宣誓一樣地說：「我是絕對不會捕魚的！」

我喜歡他的母親烏惜，每次和母親去見她，就意味著家裡難得會有頓海鮮大餐。烏惜似乎從來只會樂呵呵地笑，而不懂得其他表情，每次看到我，都要找點小零食給我吃，過年過節找個理由就往我家送點小魚蝦。

偶爾他的父親和哥哥也會來逗我玩，甚至他家養的那條狗，我還沒進巷子口，牠就已經在那邊搖著尾巴歡迎我。

但阿小，似乎總躲在一個安靜的角落，不參與我們兩家的交際。他很安靜，這種安靜卻分明帶著點高高在上的感覺，似乎永遠在專注思考著什麼。他唯一一次和我聊天，是聽我母親在和烏惜開心地說我又考了年級第一。他招招手傲慢地把我叫過去，說：「黑狗達，所以你要好好讀書，離開這個小鎮。」

我當時還覺得小鎮很大，沒有離開的迫切感，但心裡對他莫名產生一種佩服：一個能看不上小鎮的人內心該是如何地寬廣。然而他讀書卻並不好，這讓他這種高傲的安靜，被理所當然地理解成一種孤僻。

孤僻的阿小，街坊開始這麼叫他。

另一個阿小是搭著高級的小汽車抵達我的生活的。

還記得那個下午，一輛只在電視裡看得到的小汽車突然出現在巷口那條土路上。巷子太窄了，車子進不來，來回倒騰的車，揚起嗆人的煙塵，把圍觀的人，弄得灰頭土臉。

我光著腳站在圍觀的人群裡。那時候，白色的運動鞋，水手服樣式的校服已經在小鎮流行，但我習慣穿拖鞋的腳，卻死活耐不住運動鞋裡的憋悶和潮濕。老師說，不穿運動鞋就只能光腳來上課，學校禁止粗魯的拖鞋。我乾脆就把運動鞋往書包裡一裝，無論下雨酷暑，永遠一對赤腳。日子久了，腳底磨起厚厚一層皮，甚至踩到玻璃也不會刺穿，開始驕傲地強迫同學叫我赤腳大仙。

然後這個阿小走下車了，他腳下是電視裡小少爺穿的皮鞋，身上穿的是電視裡小少爺穿的吊帶褲，頭上梳著電視裡小少爺才梳的那種髮型，皮膚白得像他身上的白色襯衫。

他長得一副小少爺該有的模樣，白得發亮，瞬間讓周圍的一切都灰暗了。

他是我東邊鄰居阿月家的侄子。父母到香港承包工程發了家，哥哥已經辦好香港移民手續，接下來辦他的，這中間需要一兩年的時間，這時間裡他就暫且借住在這裡等。

香港阿小，街坊覺得這名字特別適合，彷彿香港才是他的姓氏。

香港阿小給這群野生的孩子內心，造成了極大的觸動。或許印第安人第一次看到歐洲人也是如此的心情。

從那天開始，他的家裡總圍著一群偷窺的孩子，這些孩子好奇他的一切：他說話老喜歡揚揚眉毛，他頭髮總梳成四六分的郭富城頭，他喜歡吹口哨，還每天洗很多次澡。沒過幾天，這群老赤腳到處亂竄的小屁孩，個個說話也揚眉毛，頭髮也梳四六分，也開始吹口哨。竟然還有孩子偷窺他洗澡。

阿月姨家稍微殷實點，在那片地區是唯一的兩層樓。香港阿小每次換洗的白色T恤和內褲就掛在樓頂迎風飄揚。那白色的衣物，雪白得太耀眼，似乎是文明的旗幟，傲慢地挺立在那邊。對這些青春期的孩子，那衣物夾著莫名的荷爾蒙感。香港阿小來的第三天，有個小孩爬上電線杆就為了看一眼阿小最貼身的祕密，一不小心摔落下來。還好以前的土地都還是土地，而不是冷酷的水泥地。孩子磕出了傷痕，但不至於傷殘。

這樣的故事，小鎮甚至羞於傳播，大人們當作一切都沒發生。他們用假裝沒看見，或者不理解，繼續守著風十的簡單。

我其實內心已經認定自己不會喜歡這個阿小的。在鄰居小孩共同組成的拖鞋軍團裡，我最會讀書，也是最得長輩和同齡人關注的，阿小雖然也引起我的興趣，但他奪走了原本屬於我的許多目光，讓我多少有點失落感。

我假裝漠視這一切，直到這一天，阿月姨來邀請我去和這個阿小玩。「你讀書好，多帶帶他，別被那些野孩子帶壞了。」我竟然掩飾不住地激動。

第一次的見面，有點狼狽。我手心全是汗，說話有點結巴。還好是他淡定。

他身上有花露水的香味，穿著雪白雪白的T恤，他笑出白白的牙齒，說：「我叫阿小。聽說你是這裡最會讀書的孩子？」

我點頭。

「你比我大兩歲？」

我點頭。

「黑狗哥好！」

回到家沒多久，拖鞋軍團的人早在等我，他們像堆蒼蠅一樣聚攏來，嘰嘰喳喳地問詢。我當時還假裝深沉地說這小子很客氣，不是簡單人物。心裡早生出了無比的好感。

擔心他一個人孤單，也擔心他被小孩子帶壞，親戚給他配了兩個保鏢——他兩個表弟，一高一矮，一瘦一胖。阿小對他們說話都是命令式的：「你們給我做什麼去……」

我不知道阿小是哪點喜歡我，第一次認識後，他就不斷支使他的兩個表弟輪流叫我。一會兒問「一起玩彈珠？」，要不「一起捉迷藏？」，或者「一起玩飛行棋？」。

拖鞋軍團的人開始意識到可能會失去我，他們看著阿小的表弟拜訪我家，也派一個小孩，卡著同樣的時間通知我。抉擇的時間到了。

我猶猶豫豫，直到那表弟又來了：「我哥問，要不要一起看他從香港帶來的漫畫書，還有任天堂遊戲機。」

於是我選擇阿小那邊了。當天，拖鞋幫宣佈和我決裂。

於我，阿小真是個讓人愉快的玩伴，他總有最新奇的東西，漫畫書、遊戲機、拼圖、積木……而且還有兩個跟班幫你處理一些雜事：口渴了，他們去弄來冰凍飲料（香港帶來的茶粉）；熱了，他們打開小風扇（香港帶來的）。

於他的表弟，他真是個霸道的王子。吃桑葚表弟多拿了一個，他一瞪，表弟馬上轉過頭去一聲都不吭。玩遊戲，我贏他可以，表弟眼看著也要超過他了，他喊了句表弟的名字，形勢就馬上逆轉。

拖鞋軍團站在外面的空地上，拿著用紙捲起來的紙筒不斷喊：「叛徒」、「走狗」……我隱忍著不吭聲，阿小卻一個人走出家門，對著他們大喊：「你們吵什麼吵，野孩子。」

我意識到戰爭開始了。

拖鞋軍團慣用的絕招是——牛糞加時鐘炮。時鐘炮於當時的我們來說，是高級的武器。它就像巨大的火柴棒一樣，一擦，火著了，會按著固定的時間爆炸。炮的等待時間有一分鐘的，也有半分鐘的，惡作劇的關鍵是，時間要卡得剛好，把炮插在準備好的牛糞上，等我們剛好走到，還沒注意時，牛糞突然仙女散花般，飛濺我們一身，就算成功。

然而，這些伎倆我太熟悉了，幾次都成功地避開。直到拖鞋軍團惱羞成怒，竟然直接把炮往我們身上扔。阿小怒了，回家拿出一把打鳥的獵槍衝出來，斜斜對著半空打了一槍。

「砰」——聲音像海浪一樣，在耳邊一起一伏。拖鞋軍團的人嚇呆了，我也是。

「野孩子，嚇傻了吧？」他罵人的時候，口中的牙齒還是很白，但聲調傲慢得讓我有說不出的寒意。

或許是不願意失去拖鞋軍團的傳統友誼，或許是對香港阿小傲慢的不舒服，我慢慢地開始尋找平衡。剛認識那幾天，我們幾乎綁在一起，到槍擊事件後，我決意抽出一半時間和拖鞋軍團的人玩。

阿小察覺到了，競爭一般，拿出他所有的寶貝——香港來的拼圖、香港來的唱片、香港來的遙控飛機。直到他意識到，我們倆之間確實有某種隔閡了，他也淡然了，冷冷地說，有空來玩，沒空我自己玩。

我知道，他是在自己親身感覺到自己的失敗前，先行切割。

其實我偶爾會同情阿小的，特別是熟悉後。我覺得他是個孤單的人。這種孤單我覺得是他父母的錯，他活在「去香港前準備」的生活裡。他經歷的所有一切，都是過渡的，無論生活、友誼還是情感。

那時候，香港是個更好的世界，他即將去到的目的地，讓他不得不時時處於迫不及待離開的狀態中，他會覺得，自己是可以蔑視這裡的人。

但他卻是個孩子，他需要朋友。

我想，他選擇我或許只是因為，我是附近最會讀書的孩子，他認為這是一種階層上的接近。同時，或許他還有征服感。

在我開始疏遠他的時候，他時常拿出他哥哥的照片看。

其實他和哥哥並沒有太多相處的機會。母親疼幼子，小時候夫婦倆去香港打工，不捨得阿小跟著吃苦，就把他留在老家，每月寄來豐厚的錢求得親戚對他的照顧。而長子他們帶在身邊，幫忙工地做點事情。

所以哥哥從小就在香港長大，現在已經長出一副香港人該有的樣子：留著長頭髮，打了耳洞，夏天會穿白色短褲配皮鞋，有時候還戴著條絲巾。

阿小崇拜這樣的哥哥，我覺得他其實是崇拜著香港，正如我們崇拜著黑白電視裡遊走在高樓大廈裡的那些人。

但對我們來說，高樓大廈還是遙遠的事情，而對阿小，這是即將到來的事。

他幾次嘗試把頭髮留長，都被爺爺硬壓著給剪了，他嘗試用針給自己穿耳洞，最終扎出滿身的血，讓爺爺急匆匆送醫院了。現在這些他都放棄了，但是常拿著哥哥的照片一個人發呆。

和他保持距離後，我每次和拖鞋軍團的人瘋回家，就會來看看阿小，他會給我講哥哥的故事：我哥哥很牛的，他像電視裡那樣，騎著摩托車，帶著一個女的飆車。但是到了我爸的公司，又換了一身西裝，可帥氣了。

有次他很神祕地和我說：「我哥吸毒的。」然後拿給我一根菸，附在我耳邊：「這是毒品。」一臉得意的樣子，彷彿他掌握著通往天堂的鑰匙。

他給我看完，又把那香菸小心地包在手帕裡，然後裝到一個鐵盒子裡，放在床下——我知道那是他認為最寶貴的東西了。

我看著這樣的他，越發覺得遙遠。我知道他身上流動著一種欲望，一種強烈而可怕的欲望。他要馬上城市起來，馬上香港起來。他要像他想像裡的香港人那樣生活。

我得承認，我看著電視上那些摩天大樓，心中也充滿熱望。但我老覺得不真實，它是那麼遙遠。而阿小，他簡直活在奇怪的錯位中：他穿戴著這個世界最發達地區的東西，肉身卻不得不安放於落後似乎有幾十年之久的鄉下。

果然，一個晚上，阿小把我叫進他的房間，掏出厚厚一把錢：「你知道哪裡能買摩托車嗎？電視上那種摩托車，帶我去買，我要去飆車。」

但小鎮當時沒有賣摩托車的地方，要買，必須去到六十公里遠的市區。他著急了：「那毒品呢？大麻呢？」

那個晚上，是我陪著他去一家地下遊戲廳玩了賭博老虎機作為結束的。看著他在老虎機上幾百幾百地兌換遊戲幣，然後大把大把地輸，我內心裡決定，遠離這個阿小。

我知道他活在一種想像出來的幻想中。我擔心他的這種熱望，也會把我拖進去。

因為我察覺到自己身上也有，類似的躁動。

實話說，我不知道，阿小和阿小是怎麼熟上的。

香港阿小很久沒讓表弟來叫我了，我也不怎麼主動去。這天阿月姨叫我幫阿小補習——數學成績下來了，他考了十二分。

我拿著他的考卷，笑了半天，連最簡單的二分之一加三分之一他都不懂。準備好好糗他一把。

走進去，看到那個身上還帶著海土味道的阿小。

他們倆頭湊在一起，正在搭一架木構的恐龍。我有點錯愕。這個阿小，對外人說話都不願意超過三句。但我看到他在那誇張地開著玩笑：「哇，這恐龍好酷啊，簡直要叫出聲了。」

很蹩腳的討好。我心裡說不出的反感，然後對這個老家的阿小有種莫名其妙的悲哀。我知道他為什麼喜歡香港阿小的——他其實是喜歡這個阿小身上的香港的味道。

那個晚上，我只是簡單把題目的正確做法示範了一下，就匆匆要走。香港阿小著急了，追著出來，說要不要一起去打電動。他後面跟著那個老家的阿小。

我看著老家的阿小，躲在香港阿小背後，跟著一臉的賠笑。我說不出的難受，說，算了，我不玩了。轉頭就走。

從此，即使阿月姨叫我再去幫忙補習，我都藉口推了。

我害怕看到老家阿小的這個樣子，他會卑微到，讓我想起自己身上的卑微。

老家的阿小突然新聞多起來了：他瞞著父母蹺了整整三個星期的課，但每天假裝準時上下學。他跑到小鎮新開的工業區，不由分說地逼迫那些外地的打工仔，要求他們學狗叫，不叫就一陣拳打腳踢；最後他父母還發現他竟然偷偷溜進父母房間了，偷了幾百塊不知道去幹麼。

烏惜心裡憋悶得難受，又不敢在丈夫面前哭，每次出事就偷偷來我家和母親說。

母親只能安慰：「孩子總是調皮的。」

我在一旁不說話，我知道這個阿小生病了，他從香港阿小那傳染了「香港病」。我幾次在路上碰到他，他說話的腔調、梳著的髮型都很香港阿小。連笑的時候嘴角微微地上撇，都模仿得那麼入微。

我忍不住插了一句：「你讓他別和香港阿小玩。」

烏惜愣了，她一向還挺驕傲香港阿小看得起自己家的孩子。母親狠狠地打了我一巴掌：「大人說話小孩子不能亂說話。」

但總之這話還是傳出去了。後來路上碰到兩個阿小，一個對我冷漠地轉過身假裝沒看見，一個示意著要和我打架。想打我的，是老家的阿小。

不過，拖鞋軍團的人總在我身旁，大家也相安無事。事情就這麼過去了，我和兩個阿小也徹底斷了往來。

然後斷斷續續聽到消息：老家的阿小又打人了，老家阿小被學校警告處分了，被留校察看了，後來，老家的阿小退學了。

然後再後來，聽說香港的阿小一個星期後要去香港了。

阿月姨來我家了，手上帶著一隻木頭拼成的恐龍，和一個任天堂遊戲機——這是香港阿小最喜歡的兩個玩具，現在，他想全部送給我。

阿月姨說：「我不知道你們兩個小孩子間發生了什麼事情，但是他還是最喜歡你這個朋友，有空去找他玩玩。」

香港阿小顯然對我的到訪早有準備，估計都是演練過無數次的動作，所以表現一直得體並保持著驕傲感。

他一手勾住我的肩，像電影裡那種兄弟一樣把我拉進他房裡，坐在床上，掏出一張紙片，上面歪歪斜斜地寫著一行字，是地址。

「地址我只給你，有空給我寫信。」他揚了揚眉毛。

我倒是笨拙，傻傻地補了句：「寄到香港要寄航空信，很貴吧。」

他笑開了：「咱們好朋友你在乎這點錢，以後你到香港來，我一次性給你報銷。」

然後我把我準備的禮物遞過去給他，那是我最喜歡的一本物理參考書，厚厚一本，五十元，對當時的我來說很貴，是我攢了半年才買到的。

「阿月姨給我看過你的物理，太爛了，做做裡面的習題吧。」

「這麼爛的禮物啊。」他又恢復到傲慢的惡毒了。

他走的那個下午是星期六，我剛好去市裡參加一個比賽。聽說他來我家敲門，不斷喊我名字，卻沒找到我。

依然和來的時候一樣，是一輛高級的小汽車來接他的，小鎮的大人和小孩圍成一圈，目送著這個彷彿屬於另外一個時空的人離開，依然只有興奮地指指點點。

那晚回家，小鎮裡的孩子興奮地說，我太有面子了。但我心裡說不出的空落落，一個人悄悄走到阿月姨家，在他住的房間窗口，往裡看了看，一切黑糊糊的。

我轉過頭，看到不遠的地方，一個小孩在哭，我知道，那是剩下的這個阿小。聽說，他沒去送香港阿小。

香港阿小就像被接走的外星人，理性的我早判定，他和我是兩個時空的人，此前發生的事情，就當一場夢了。不多久，我又當回我的赤腳大仙。而整個小鎮也似乎迅速遺忘這麼一個本來也不大起眼的小孩，依舊吵吵嚷嚷、熱熱鬧鬧。

只有一個人，提醒著香港阿小的存在——我家前面那個阿小。沒有香港阿小帶他去理髮店剪那樣的髮型，他堅持自己試圖用剪刀剪出那樣的形狀；沒有阿小陪他去開發區展現英雄氣概，他依然堅持每天晚上去逼迫路過的外來打工仔扮狗叫，然後幾次邀約各種人去觀摩，都遭到拒絕。

沒去讀書，這個阿小的命運只能有一條：當漁民。他是掙扎了幾次，甚至和父親大打出手，離家出走。失蹤了一個多月，餓得瘦骨嶙嶙的阿小回來了。他答應當漁民了。他的條件是：必須給他買一輛摩托車。為了兒子走回正途，他父母商量了半天，終於同意了。

打漁要趕早潮，每天早上五六點，我就聽到那摩托車帥氣地呼呼地催引擎，發出的聲音，炫耀地在小巷裡擴散開。他每天就這樣載著父親，先去下海佈網。他大哥和二哥，則踩著那輛吭哧吭哧響的自行車跟在後頭。

下午三四點他們就打漁結束回來了。海土、海風和直直炙烤著他們的太陽，讓他越來越黝黑。每次把滿裝海鮮的籮筐往家裡一放，他的油門一催，就呼嘯著玩耍去了。沒有人知道他去哪，但是後來很多人常告訴我，看到阿小，沿著海岸線邊的公路，以超過時速一百的速度風一樣地呼嘯而過，嘴裡喊著亢奮的聲音。

慢慢地，我注意到他留起了長頭髮，每次他騎摩托車經過我家門口，我總在想，他是在努力成為香港阿小想成為的那個人嗎？

我從沒想過，會收到香港阿小的來信。那已經是他離開小鎮的第三年，我已經進入高考的最後準備時期。

他拙劣地在信封上寫著，某某中學，然後我的名字收。還好學校負責的收發阿姨，仔細地核了全校五千多個學生，才找到了我。當然，也可能是來自香港的郵戳起的作用。

他的字還是那麼差，扭扭捏捏，但已經換成繁體字了：

親愛的黑狗達！

好久不見。

我在香港一切很好。香港很漂亮，高樓大廈很多，有空來找我玩。

只是我不太會說粵語，朋友不太好交，多和我來信吧，我找不到一個人說話。

我家換了地址，請把信寄到如下……

我知道他在香港可能一切都很不好。我突然想像，在那個都是白襯衫、白牙齒的教室裡，另外一群孩子高傲地看著他，悄悄地在他背後說鄉巴佬。

我莫名其妙地難過。

拿著信，我去敲了烏惜家的門。這個阿小正在自己玩吉他。當時流行的一部香港電視劇裡，主人公總在彈吉他，許多潮流男女都在學。

我拿出香港阿小的信給他看。

他愣住了，沒接過去。

「他給你寫信？」

我明白了，香港阿小沒給他寫信。

這個阿小搶過信，往旁邊的爐子一扔。香港阿小的信，以及回信的地址就這麼被燒了。

我才覺得，我太魯莽太欠考慮了。

我知道，從此這兩個阿小都和我離得更遠了：一個收不到我的回信，肯定是責罵我、扔掉我家的地址；一個從此會因為覺得自己受傷而更加疏遠我。

高三的後半學期，整個學校像傳銷公司。老師整天說，別想著玩，想想未來住在大城市裡，行走在高樓大廈間，那裡才好玩。他們偶爾還會舉例：某某同學，考上了北京的大學，然後，他就住在北京了……

口氣篤定得好似王子和公主從此過上幸福的生活。誰都沒懷疑住在北京就是所有幸福的終點。整個高三的年段，也像是準備離開小鎮的預備營地，許多人開始寄宿在學校，全心投入一種冥想狀態。彷彿學校就是一艘太空船，開往一個更開明的所在。

我也是寄宿中的一員，全身投入這種衝刺中。直到高考最後一刻結束，回到家，母親才叫我去探探阿小。

阿小騎著摩托車在海邊狂飆，一不小心車歪了，他整個人被拋出去，頭先著的地。那是兩個月前發生的事情。當時一度下了病危通知書，但總算奇蹟般地搶救過來了。

去到他家，他還躺在床上，受傷的頭部已經拆線，但可以看到，前額凹進去一塊。他看到我驚恐的表情，開玩笑地說：「我牛吧，摔成這樣，竟然沒死，而且一點後遺症都沒有，就是難看了點，不過這樣也好，這樣出去，混江湖最容易了……」

兩個月後，我被一所外地的大學錄取，離開小鎮。我去向他告別，他當時已經開始和父兄去捕魚了，只不過從此不騎摩托車，也蹬上了吭哧吭哧響的自行車。

阿小終於成了小鎮上的漁民了。

兜兜轉轉，大學畢業後的我，來到了北京，來到了那個在想像中可以和香港比拚的北京。

當然，此時的我早知道，留在北京不是全部故事的結束，而是所有故事的開始。

偌大的城市，充滿焦灼感的生活，每次走在地鐵擁擠的人群裡，我總會覺得自己要被吞噬，覺得人怎麼都這麼渺小。而在小鎮，每個人都那麼複雜而有生趣，覺得人才像人。

這個時候我才偶爾會想起老家的阿小，我竟然有些妒忌。聽說他娶了個老婆，很快生了個兒子，然後自己買了塊地，建好了房子，也圈上個庭院，裡面還同樣養了條狗。

我則每天忍受著頸椎病，苦惱著工作的壓力和工作結束後的空虛。唯一能做的是不停通過職業的成就感稍微緩解自己：我是個寫字的人，在一家全球聞名的頂級雜誌社工作，我的文章會被到處轉載。

總有老家的朋友，從那聽得到狗吠的小鎮上打來電話，說你這小子混得不錯。裝模作樣地相互吹捧下，掛下電話，迎接突然襲擊而來的空虛感。

這個晚上，我習慣性地查閱自己博客的評論，意外地看到一條留言：「你是黑狗達嗎？小鎮上的黑狗達嗎？我是阿小，我在香港，能電話我嗎？我的電話號碼是……」

是阿小。香港那個阿小。

說不上的猶豫感，我竟然拖了半個月沒回電。我竟然有點害怕。我不想知道他活得怎麼樣，無論好，或者不好，對我都是種莫名其妙的震顫。

半個月後，突然有個事情必須到香港出差。我把電話抄在紙上，還是沒決定是否撥通這個號碼。

事情忙完了，一個人癱在賓館空蕩蕩的房間裡，突然下了決心撥打出那串電話。

「喂？誰啊？」

「是阿小嗎？」

「啊？」他愣了下，顯然有點錯愕。

「黑狗達！你在香港？你終於要見我啦！」

他竟然記得我的聲音，可見香港的生活讓他有多孤單。

和阿月姨拉著我第一次去見他的時候一樣，我竟然又緊張到全身是汗。坐在路邊的茶餐廳裡，我一直想像，他會是怎麼樣的？他應該長髮飄逸，穿著入時，然後應該釘上耳環了吧？他應該終於可以打扮出他想成為的樣子了吧？

阿小進來了。我一眼就認出他。他的身體拉長了，五官卻沒怎麼變，他剪著規矩的短髮，但耳朵確實有曾經戴過耳環的樣子。他依然打扮得很清爽，但背著一個不太搭配的帆布包。

他看到我，笑開了那嘴抽菸抽壞的牙齒，張開雙臂，迎上來抱住我。

「你當時怎麼沒回我信？」他問。

我張了張口考慮是否要解釋，終於還是放棄。

愛面子是沒變的，當晚他堅持邀請我到香港半山的一座高級酒吧。透過窗子，是維多利亞的璀璨夜景。

適當的懷舊後，我終於忍不住問：「你現在怎麼樣啊？」

「我啊，好好工作啊，哪像你，混得這麼好！」

「做什麼工作？」

他用手搖了搖酒，支支吾吾。彷彿下了很大決心，終於說：「我在安裝防盜門。」

然後馬上補充：「但我是高級技工，一個月能拿一萬二港幣。」

我不知道如何把話進行下去了。一種找不到話題的恐慌感，在彼此心內滋長。

他很努力，自嘲地講到了在香港被同學看不起，交不到朋友，對城市生活的厭惡，以及父母生意的失敗。

「你知道嗎，我竟然覺得，那個我看不起的小鎮才是我家。」說完他就自嘲起來了：「顯然，那是我一廂情願。我哪有家？」

我知道這句話背後藏著太多故事：為什麼沒有家？他父母呢？

但我也意識到，這顯然是他不願意提及的部分。

晚上十點多，他說自己要趕公車回住的地方了。我送他到車站。

車站早已經排了長長一隊，有打著領帶穿著廉價西裝的，有穿著電器行標誌的服飾的，有別著美髮屋樣式的圍裙的……

臨上車了，他突然說，要不要到我住的地方繼續聊天，我們太久沒見了，通宵聊聊天不過分吧？

我想了想，答應了。

車的站牌上寫著通往天水圍，我知道天水圍於香港的意義。一路不斷閃過高樓大廈，他興奮地和我一個個介紹，也順便講述了發生在其間的自己的故事。

車繼續往城外開，燈火慢慢稀疏。

「快到家了。」他說。

然後車開上一座長長的斜拉橋。

「這橋叫青衣大橋，是全亞洲最大的鐵索橋。我每天坐車都要經過。」

「這樣啊。」我禮貌性地點點頭。

他望著窗外的橋，像自言自語一樣：「我來香港第三年，父親查出來得了癌症，鼻咽癌，建築公司不得不停了，父親到處找醫院醫病，本來還有希望，結果哥哥怕被拖累，捲著家裡的錢跑了。我和母親只好賣掉房子，繼續給父親醫病。有一天，他自己開著車來到這裡，就從這裡衝下去了。我現在要掙口飯吃，還要從這經過。」

我愣住了，不知道怎麼接話。

他接著自言自語：「城市很噁心的，我爸一病，什麼朋友都沒有了。他去世的時候，葬禮只有我和母親。

「呵呵。」停頓了一會兒後，他自己輕輕笑了一下。

我張了張口，嘗試說點什麼。他顯然感覺到了。

「我沒事的，其實可好了，香港報紙還有報導這個事情，我家裡保留著當天的報紙，是頭版頭條，你相信嗎？」他轉過頭來，還是微笑著的臉，但臉上早已經全是淚水。

車依然在開，那座橋漫長得似乎沒有盡頭。橋上一點一點的燈影，快速滑過，一明一滅，掩映著車裡晃動著的疲倦人群。

大部分人都困倦到睡著了——他們都是一早七點準時在家門口等著這車到市區，他們出發前各自化妝、精心穿著，等著到這城市的各個角落，扮演起維修工、洗碗工、電器行業務、美髮店小弟……時間一到，又倉皇地一路小跑趕這趟車，搭一兩個小時回所謂的家，準備第二天的演出。

他們都是這城市的組成部分。而這城市，曾經是我們在小鎮以為的，最美的天堂。他們是我們曾經認為的，活在天堂裡的人。

阿小轉過頭去，拉開車窗，讓風一陣一陣地灌進來。我突然想起遠在老家，已經又敢重新騎摩托車的那個阿小。

這個時候，他應該已經在海邊佈好了明天的網線，騎著摩托車沿著堤岸往回趕。家裡有房子、妻子和兒子。聽說他也養了條黑狗，那黑狗會在他還沒到巷口的時候，就歡快地跑出來迎接。

天才文展

他的臉通紅通紅，幾乎可以看到皮膚下的血液在沸騰。

我睜大眼睛看著他，那一刻，我甚至覺得，他已經是個偉大的人了。

大約十一歲的時候，我得過一場病。

說起來並不嚴重，就是不愛說話，不愛吃飯，不愛和任何人對視。對於這樣的病，小鎮的醫生是不屑的。不屑，也可能來自不懂。在當時，每個人身上財富還沒有足夠的數量，對人的耐心因此也沒有足夠的重量，這樣「多餘」的症狀，只會被當作一個人的胡思亂想。

「把他晾一段時間，自己就會好了。」醫生是這麼說的。

那個醫生治療過我養的一隻貓和阿太養過的一頭牛。用的是同一種針劑，只不過貓打了一劑，牛多加了一劑。我的貓當晚就死了，阿太養的牛掙扎了一個月。在即將死的時候，阿太趕緊叫屠夫來宰了。「死掉的牛，肉是不能吃的。」這是阿太的理由。纏過腳的阿太在宰完牛，忙著挎著籃子到處給親人分牛肉時，還特意去了趟那醫生的家。阿太還沒開口，醫生就先說了：「你得感謝我，要不是我，你那牛連一個月都扛不住。」

所以母親聽完醫生對我的診斷，第一件事就是著急跑去找父親：「看來不是小問題，土醫生找不到辦法，我們得找。」

父親是個因為不太願意動太多腦筋而顯得很陽剛的男人。整天混朋友的他，開出的藥方是：「不就缺玩伴嗎？找啊。」

第二天，文展被母親領到家裡找我玩了。

這是我們第一次見面。

文展這個人選說不上是母親多精心的安排。

當時每個成年人似乎都練就了吃飯的一個好本事，手托著一個大碗裝著米飯，手腕的剩餘部分夾著一個小碟子，裡面裝滿這一頓可以下飯的兩塊榨菜、一塊肉諸如此類，然後女人就全世界話家常去，男人就到處找牆角蹲著海吹胡侃。

那個週六，母親只是托著自己的午飯走了趟周邊的鄰居家，然後領回了文展。文展家住在後面，他大我一歲，而且「讀書不錯」——母親介紹的時候強調了一下。

我不記得當時他什麼表情，我只記得自己「哦」了一聲，用手背蓋住眼睛，繼續睡覺。當時的我吃完飯就睡覺，睡醒後就發呆，然後再吃飯，再睡覺。

我的冷漠沒能讓文展放棄。我記得他當時似乎很用心地觀察了一下我，審視了我房間裡擺放的東西，然後很淡定地坐在了我的床尾。他當時的行為舉止有種崇高的儀式感，我估計他當時就已經覺得自己是個有天命的人，而我或許是他想啟迪或者拯救的第一個人。

他推了推我：「起來，聊聊天？」

「不聊。」我回。

「還是得聊聊，你是想一輩子這麼過去。」

不知道別人的經歷如何，據我觀察，人到十二三歲就會特別喜歡使用「人生」、「夢想」這類詞。這樣的詞句在當時的我念起來，會不自覺悸動。所以我內心波動了一下：「沒什麼可聊的，你別來吵我，我只是覺得一切很無聊而已。」

「正因為你覺得無聊我才要和你聊天，我要告訴你，我們是有機會過想像的生活的，我們可以掙脫這裡的一切。」

這句話倒是讓我坐起來了。我承認他猜出我當時內心在困惑的東西是什麼，可能因為他也曾那麼困惑過。那年我十二歲，小鎮還鋪不起水泥路，到處是土路或者石板路，小鎮的每條小巷都竄過，每個屋子都闖過，剛開始思考自己要過的生活。但當我想像自己的未來，可能像小鎮裡的任何一個成年人，我就覺得無趣得讓自己恐懼。

在當時的我看來，小鎮有種赤條條的無聊感，而自己將要面對的生活也是。但讓我坐起來的，倒是文展矯情卻又真誠的那種表情。他張開雙臂，可能想像自己是隻老鷹，但他太瘦了，留在我印象中的是一把撐開著衣服、晾在風中的衣架。

「所以我們要創造我們的生活。」這句話，我每一個字都記得清清楚楚。因為，當時我想，怎麼能有一個人，把這麼矯情的話這麼認真地說出來。

但我得承認，他說話的時候，有那麼一兩秒，我腦海裡晃過諸如草原、大海、星空……此類很浩瀚的什麼東西。

我記得自己坐了起來，看著他，有點眩暈，想了想，說：「我得先睡一覺，明天再找你聊。」

在他要告別前，我才努力睜開眼認真看了看他，卻發覺，他竟然是個兔唇。

第二天我就去找他玩了。

由於我開始恢復對人間的注意，那一天我總算看清楚他的樣子：下半身穿著一件不合身的、可能哪個長輩淘汰的西裝褲，上半身是另一件不合身的、可能哪個長輩淘汰的白襯衫。

文展瘦瘦的胸脯像塊洗衣板，但他卻堅持解開了襯衫上面的三粒鈕子。我想，在他的襯衫晃蕩晃蕩地兜著空氣的時候，他能體會到類似飄逸的感覺吧。

最讓人印象深刻的，還是他的兔唇，他的嘴倔強地扛著一個角度，因而格外惹人注目。

在我的記憶裡，少年時期的孩子最容易不自覺做的惡事，就是發現並嘲笑他人的生理缺陷。每個小孩一旦意識到自己某部分的缺失，總是要戰戰兢兢地小心隱藏著，生怕被發掘、放大，甚至一輩子就被這個缺陷拖入一個死胡同裡。我親眼見過，幾個有生理缺陷的小孩被嘲笑、邊緣化，而內心裡放棄對自己的想像，覺得自己只匹配更糟糕一點的生活，從此活成有缺陷的人生。

我因此有了莫名其妙的崇拜感——文展是我見過的唯一一個降伏了缺陷的孩子。

我去他家的時候，才發現原來周圍將近一半的孩子每個星期天下午都聚集在這。每個人零零散散地坐在他家的客廳裡，似乎在等著文展規劃接下來這一個下午的安排。

而文展總是有意無意地每天和不同的小孩聊聊天，邊聊天邊等著更多人的聚齊，等到人聚得差不多了，他才站起來宣佈他的提議：等下我們一起去海邊挖文蛤。某某和某某負責去家裡「偷借鋤頭」，某某和某某你們「最好能找來一桿秤，我們挖了文蛤好賣錢」，某某和某某你們要去找兩副挑擔……待一切整頓完畢，一群孩子就從文展家裡浩浩蕩蕩地出發了。在那一路上，他還會適時地講述海邊樹林的白蛇傳說以及某個村子真實的歷史淵源。

公允地說，那些活動也和一般小孩子的玩耍沒有什麼兩樣，唯一不同的是，一切都要聽文展的指揮。

聽人指揮，在還渴望自由好動的孩子看來，是件不太能接受的事情，而且我想，應該不只是我對他經常性組織的這類活動不感興趣吧。我看得出將近有一半三心二意的人。

每次我看到他用那高調的兔唇和奇怪的語音，佈置了一個下午的事情時，總好奇地想，為什麼那麼多人像上課一般，每天固定時間來他家報到。他又是如何，似乎讓自己高出這群孩子不止一個層次，以致讓所有人忘記可以有嘲笑或者反抗他的權利。

因為，他有比這些孩子更高的理想。這是我後來才找到的答案。這答案聽上去很虛假，卻真實構成了文展身上那種硬錚錚的精氣神。

我加入「文展兵團」——後來改名為赤腳兵團沒幾天，就聽說文展在做一件偉大的事情。

文展兵團的活動時間很固定，週一到週五每天下午放學四點半到晚飯前的六點，然後就是週六、週日的整個下午。

週六、週日總是結隊出外玩耍實踐，內容多半是烤地瓜、學游泳、挖文蛤之類，週一到週五，在集體做完功課後，總是一些棋牌類的遊戲，跳棋、軍棋、象棋、圍棋、大富翁，等等。文展的家裡，不知道從哪配置好完整的一套棋牌類遊戲，只要湊齊了足夠的人，就可以向他領取。

玩棋牌的時候，更主要的娛樂活動其實還是彼此間的鬥嘴和聊天。這些小孩，習慣用誇張的口吻討論著文展在做的那件很偉大的事情。

「是不是他做完，就會變成和張校長一樣偉大的人？」

「有可能，或許還會變成和毛主席一樣厲害的人。」

我好奇地追問，文展在做什麼偉大的事情。

那些小孩不屑地看著我：「他在做你理解不了的事情，他在做一件偉大的事情。」

好奇心終於沒讓我忍住。等到孩子都散去之後，我把文展拉住，支支吾吾地問：「他們都在說，你在做一件很偉大的事情，是什麼事情啊？」文展的兔唇，一笑就會翻出唇白，感覺有些詭異。「你想看嗎？」

我點點頭。

「一般我不讓他們看，但我決定給你看。」說完，他便領著我，往自己的房間走。

他必須和哥哥共用一個房間，但一看就知道哥倆的感情不是很好，因為房間分出了明晰的兩塊區域。

他從床底下掏出一只棕黃色的皮箱，我想，估計是他母親當年的嫁妝之一。皮箱打開，是厚厚的一疊紙，紙下面，是另外厚厚的一疊書。

他小心翼翼地把那疊紙拿出來，一張，一張，輕輕地鋪展在地板上。聲音都壓低了：「你看，這是年份，年份下是我整理出來的、每一年這個國家發生過的我認為重要的歷史事件，我還寫上，我認為的這些事件發生的根本原因……」

「從九歲開始，每天晚飯後我就一個人做這樣的整理，我覺得，要是我能在十八歲前做完這一千多年的整理，我或許會成為一個了不起的人。」他的臉通紅通紅，幾乎可以看到皮膚下的血液在沸騰。

我也突然感覺到一股莫名其妙的熱氣衝了上來，頭頂似乎汩汩地在冒汗，全身的毛孔全部打開。我睜大眼睛看著他，那一刻，我甚至覺得，他已經是個偉大的人了。

接下來的日子，我每天都迫不及待地往文展家裡跑，在事務性地和同伴們履行完遊戲的職責後，就迫不及待地問：「你要開始整理嗎？」

文展總是笑而不答，迎接我的眼神，總有種很神聖的光芒。似乎我們確實在見證著某些偉大事情一點點成真。

我本來就是個成績不錯的人，而文展正在進行的這項偉大事業，讓我更加有點迫切的緊張感。很容易地，我又重新拿了年級的第一名，但這樣的成績，依然沒能安慰到我，我會突然感覺緊張，甚至著急到透不過氣。我總在想，必須做點什麼，才能跟得上文展。

這樣的焦慮，讓我不得不經常找機會和文展好好聊聊。

最開始，他的回答總是，不著急，等你考了年級第一名了我再和你說。當我拿著成績單再找到他的時候，我看得出他有些意外，我也為自己能讓文展意外而內心小小地得意了一下。於是我再追問一次：「我得做點什麼呢？」

「你得想好自己要擁有什麼樣的人生，然後細化到一步步做具體規劃。」這次他回答我了。他顯然認為，我是這附近孩子中唯一有資格和他進行這種精神對話的人。

或許這類宏圖偉志孤獨地藏在他心裡太久了，那天下午，他幾乎對我全盤托出：「比如我，未來一定要到大城市生活，所以我計畫讀大學或者讀省城的重點中專。考重點高中再上重點大學，這不難，但花費實在太大了，我家裡很窮，估計上重點中專比較合適。上重點中專，多一分不行，少一分也不行，必須學會控制自己的分數，剛好在那個區間，得有能力掌握住分數。然而，到大城市只是第一步，我得能在大城市留下去，並且取得發展機會，我必須訓練自己的領導能力，讓自己未來在學校裡能有機會當上學生會主席，學生會主席就會有很多和各個單位接觸的機會，然後我得把握住機會，讓他們看到我、選擇我。」

「所以你每天組織我們這幫人一起玩，是在訓練領導能力嗎？」我才恍然大悟。

他得意地點頭：「而我整理中國歷史大綱，是因為我在中考的作文裡可以大量運用歷史知識，這應該能保證讓我拿到不錯的分數，然後，據說公務員考試，如果能用歷史故事說道理，也很能加分。」

我幾乎屏住了呼吸，發覺自己的人生在此前活得太天真太傻。「我怎麼樣才能也擁有這樣的人生啊？」驚訝和莫名的恐懼，讓我講出了文縐縐的話。

「你要找到自己的路，」文展非常篤定：「我會在大城市裡等你的，我相信你。」他輕輕拍了拍我的肩膀。我想，這應該是從一系列抗日戰爭連續劇裡的將軍們身上學的。

或許連文展自己都沒意識到，他的話，完全摧毀了我。接下去的這個暑假，我完全被拋入一種對自我全盤否定的虛空裡。

和朋友玩耍，這有意義嗎？只是又考一次第一名，這有意義嗎？母親堅持要我執行的，每週到外公外婆等長輩家裡問好，這有意義嗎？甚至我毫無目標地這麼思考，有意義嗎？

當時的我，相信，全世界能回答我這些問題的，還是只有文展。

但那個暑假，文展似乎在調整自己的人生策略。雖然暑假每天都不用上課，但他堅持把赤腳軍團的活動，壓縮到只有星期天的下午。而這個下午，可以看出他在試探性地組織各種事情。其他的時候，他總是一個人關在家裡。

內心的苦悶，驅使我一次次去纏住他，而他總用一句話試圖擺脫我：「自己的路得自己想，我不可能為你的生活作答案的。」

我開始整夜整夜地失眠，然後瘋狂地半懂不懂地看叔本華、尼采、康德等人的哲學書，有一段時間，根據我母親的回憶，我常常眼神呆滯地自言自語。

再不關心我的人都可以看出來，我這次生的病比上次更嚴重了。而母親似乎也明白過來，還是只有文展能幫到我。

半推半就下，文展終於在暑假快結束時再次接見我了。

他走進我的房間，似乎有點急躁：「你知道嗎？被你打擾的緣故，我這個暑假預計要完成的目標，只完成了八成，我明年就初三了，這是我的一個戰役，你答應我，不要再拖累我。」

我點點頭。

「我要告訴你的是，困惑、一時找不到未來的大目標這很正常，沒有幾個人能很小的時候就知道自己可以過什麼樣的生活，你做好眼前的一件件事情就可以了。」

「那你為什麼那麼早就知道自己要過什麼生活？」

這個問題，或許真是問到他心坎裡了。他突然兩眼睜大，像下了一個決心一般，轉過頭和我鄭重地宣告：「因為我想，我是天才。」

在宣告結束後，他似乎才突然記起此次來我家的任務：「不過，你也是人才，人才不著急，按照生活一點點做好，生活會給你答案的。」

「真的？」

「真的。」

我沒想到的是，我竟然會在他面前哭了。

過了那個暑假，文展初三了。用他的話說，他要迎來第一場戰役了。當時有個奇怪的政策，重點中專，只招某一個分數段的高材生。按照計畫，文展必須準確把自己的命運，投進那個分數段裡。我知道，這個嘗試的難度。

或許有種被他遺棄的哀怨感，更或許是因為相信他的話——他是天才，和我不是同一檔次的人，我決定不再去文展家裡了。但是文展每次上學，都要經過我家，我們總還是不可避免要碰到。

我莫名其妙地害怕那種相遇，每次見到他，彷彿自己的粗陋一下子全部裸露了，自己的困惑不自覺地又洶湧起來。

但他每次都分外熱情，堅持要拉我同行。同行的一路上，有一搭沒一搭地講述自己已經實現的某個目標：「我上次單元考，準確地考到九十分，這次，則比我預計的多了一分，我相信自己能準確掌控分數了。」

我只能微笑。

「你呢？」

「我不知道，就先做好小事，大事以後再想。」

「別著急，到自己能想明白的時候，就會突然明白的。」他鼓勵我。

事實上，感覺被文展拋棄的，倒不僅僅是我。或許是時間確實不夠了，也或許文展覺得自己已經完成了領導力階段性的訓練目標，文展越來越壓縮「兵團」在他家的活動時間，到最後，只留下星期六兩點到三點，這短暫的一個小時，允許其他玩伴前來探望。

許多人不解，跑來向我詢問原因。

「或許他骨子裡頭是個自私的人，用完我們就不要了吧。」當我說出這樣的話，連我自己都覺得驚訝。這讓我察覺，自己在一定程度上成了被他「奴役」的人。而這種意識，讓我分外痛恨起文展。

我甚至偷偷想像：如果他失敗了，會是什麼樣的表情？

讓我意外的是，這樣的表情，我竟然很快就看到了。母親總有意無意地給我帶來文展的消息，她說，文展似乎是壓力過大，每次一考試就頭疼到不行，成績下滑，還整夜整夜地失眠，頭髮一直在掉。「他爸媽很擔心，有空你多帶些孩子去看看他。」

「他不需要我們的，我們開導不了他的，因為他比我們厲害多了。」第一句話或許是氣話，但第二、三句話，確實是我擔心的實話。

終於，在一次上學途中，我追上文展想說些什麼。

他當時應該正處於非常敏感的狀態，一下子捕捉到我準備講出口的某些安慰的話——某些會讓他不舒服的話，還沒等我開口，他就傲慢地答：

「你以為你能開導我？」

語氣一貫地居高臨下，但是，或許是因為惱怒，聽得到因為兔唇而發出的很大的鼻腔音。

我們居住的這個閩南小鎮，據說第一批先民是在晉朝，鎮子裡還循著當時的許多古制，其中之一就是每到元宵節，鎮教育委員會就會獎勵當年各個年級考試前幾名的人。

在以往，文展總是那個年齡段絕對的第一名，而我則總在前三名裡來回和其他人角力。那年元宵節，我因為還沒從自我的懷疑中恢復過來，只考了個第六名。這樣的成績，我本來是絕不願意前去領獎的，然而，母親鼓勵我說：「領到的獎金全歸你。」第六名獎金五十元，相當於兩套漫畫書，我終於硬著頭皮去了。

因為是循古制設立的獎項，頒獎的過程也循古制。先是當地有名望的老文人，搖頭晃腦地宣讀捐款的鄉紳名單，然後再用同樣的腔調，一一誦讀獲獎的孩童。誦讀的秩序，從低年級到高年級，獎金也依次增加。

我小時候是極愛聽這樣的誦讀的，抑揚頓挫很有韻味，而且經由老先生的嘴巴這麼一念，彷彿自己成了某種質感的能人。那天我只是著急想聽他趕緊念誦完，才發覺，那老先生念誦的節奏實在有點太慢。我焦躁不安地到處巡視前來領獎的人，隱隱覺得不對，到反應過來的時候，已經在念文展所在的那個年段——竟然沒有文展的名字。

我心怦怦直跳，顧不上領錢拔腿就往自己家裡跑。跑到家尋住母親，上氣不接下氣：「沒有文展的名字，文展竟然沒有進入領獎的名單，文展考砸了，文展完蛋了。」

母親當下愣住了：「他怎麼可能完蛋了？他可是文展。」

其他的孩子也聽說了這個消息，但我們後來統一得出的答案是：文展沒有考砸，文展是忘記去登記成績，以致沒有領獎的機會。

對於這個答案，我們試圖幾次找文展求證過。然而，文展在那個寒假，以及接下來的時間，完全拒絕和我們見面。

以前文展總交代父母，自己的家門要一直開著，方便我們來找他玩。那個寒假開始，他家總閉得緊緊的。我們在門外一直敲門喊，回應的通常只有文展的母親：「他在溫習功課，再一個學期要中考了，他沒時間和你們玩。」

漸漸地，文展兵團算是瓦解了。玩伴們三三兩兩，組成新的團隊，各自調皮搗蛋去了，而我，再一次有意無意讓自己落了單，整天賴在家裡。實在無聊的時候，我開始一篇篇地胡亂編寫著故事。寫完之後，再自己讀給自己聽。

母親怕極了，總和人擔心地說：「會不會讀書讀到腦子燒壞掉了。」讓她加重擔心的原因還在於：「你看，我鄰居家的文展，也變得怪怪的。」

有了這種意識，母親當機立斷想了一個辦法：讓自己的孩子曠課半個學期，就跟著在船上工作的父親，到寧波出差。

當時的寧波，比起我所在的老家小鎮，無疑是個匪夷所思的大城市。我就居住在後來被開發成「老外灘」的一個酒店裡，認識了一個個活生生的城市裡的孩子，實實在在地呼吸著大城市的空氣。雖然留在我腦海裡的東西不多，但我似乎忘記了在小鎮糾結的許多事情。

等到我回老家時，已經是期末考的前夕，也是在那一週，初三年級的學生要提前舉辦中考了。

這樣的時間點，讓我再次掛心起文展。雖然在家自己嘗試補回半個學期的功課很辛苦，我依然隔三差五去敲文展家的門，我想當面交給他自己在寧波買的明信片，我想，這能更加篤定他的追求。

但門依然沒有開。

看著時間，我知道中考過了，緊接著是我難熬的期末考，然後，終於放暑假了。

因為去了寧波一趟的經歷，以及從寧波帶回來的種種物什，我家意外地成了附近孩子新的聚集點。他們一遍遍不厭其煩地端詳著從城市帶回來的東西，不厭其煩地追問我大城市的種種生活細節。

我一開始很享受這次旅途為我身上添加的某種光環，然而，被問得多了，我開始覺得格外的厭惡，心裡想著，不就是那麼一個地方，值得這麼傻得神魂顛倒嗎？我掛念的，還是文展。然而，他家的門一直緊閉著。

眼看暑假過了一半了，我也已經失去耐心，趕走了想和我詢問大城市生活的玩伴們，又習慣性地把自己關在家裡，胡思亂想一些故事。

這個下午，我又躺在床上睡懶覺，突然聽到母親在和一個人高聲談論著什麼。那語調奇怪卻格外有力、堅決，我興奮地跳下床，果然是文展。

他走進來，兩手一攤：「我做到了，我考上了在福州的重點中專，妥帖地過了分數線一分。我打敗了所有不看好的人。」

我顧不上反駁他其中一些偏激的話，激動地大叫起來。我激動的不是什麼他可以去大城市之類的，所謂大城市對我來說已經沒有什麼新鮮感，我激動的是，他活過來了。

但他依然很興奮地和我展望，自己將在城市裡展開的新生活。他還一字一句，很神聖地告訴我：「等一下，你陪我去趟居委會好嗎？按照學校的要求，我的戶口需要遷出這個小鎮，遷往福州這個城市。」

我當然表示同意。似乎是為了獎賞我對他的關心，他鄭重宣佈：「我到城市後，會每週給你寫信，告訴你那裡生活的一切，直到你也可以去到一個城市。」

這對當時的我說不上是多麼喜出望外的禮物，但我知道，自己必須興奮地點頭。

文展最終以一個模範的樣子，啟程前往城市了。最終是他父親的朋友，用拖拉機把他送到車站的。當他拿著行李包要坐上拖拉機時，他的父母欣慰地哭了，似乎已經看到他光宗耀祖的未來。而一向和他家交惡的伯伯，也帶著全家來了，說了些祝福的好話，還特意交代：「以後要多關照我們家的孩子。」

文展像個已經要成功的英雄一般，一一慷慨地答應了。要上拖拉機的最後一刻，他還特意轉過頭對我大聲地喊：「我在城市等你啊，黑狗達。」

我揮揮手，心裡為他依然最看好我而得意洋洋。

文展果然履行諾言，他離開後第二週我開始收到信了。看得出他特意花了心思，信封是福州市市慶的紀念封，郵票也是市慶的紀念票，信紙印有就讀學校的名字和校標。

第一封信的內容，他主要講述了對城市的第一印象，以及他計畫的探險——他計畫在一週之內，藉著課外時間，沿著一條主幹道，把這個城市的主要街道走一遍，並且感受下「一個城市是如何運營、滋長的」。

第二封信，他告訴我，他將進入一週的軍訓。軍訓是鍛鍊人意志的。這是種「聰明」、「可取」的教育方式。並且他覺得，意志力是自己的特長，軍訓應該有助於自己迅速獲得班級人對他的尊重。

或許是軍訓的緣故，第三封信他延誤了一週。最終第三封信裡，他的口氣有些疲憊，他沒提到軍訓的具體細節，只是說到「自己的兔唇成了一些庸俗的人惡意攻擊的重點」、「我知道，他們意識到沒法在其他方面超越我，所以才做這麼惡意的攻擊」、「但我不會低下身去和他們計較，我知道，只有比他們水準多出足夠的高度，他們才會恐懼到敬畏我」。

自此再沒有第四封信了。

我有些擔心，在等了兩週後，又去敲了趟文展家的門。出來應門的是他哥哥。他哥哥早就沒有讀書，在我印象中，他總以文展的反面例子活著，現在正作為不好好讀書所以找不到好工作的代表，被父母嫌棄地養著。

「你知道文展在福州的情況嗎？他沒有按照約定給我寫信，是不是遇到什麼事情。」

「我沒和他聯繫，你知道，他不喜歡和我講話，我只聽說，他在學校似乎被人取笑兔唇這個事，聽說還打過一架，反正學校是要我父母親隨便哪個人到福州一趟，但車費太貴了，他們不願意去。」

我著急地馬上匆匆趕回家寫信給文展，信中我委婉地問他是否遇到一些挑戰。我知道，這是他能接受的問法。

他還是按照預計的時間推遲了三週才回信。信裡很簡單：「別擔心，我遇到一些自己沒有料想過的挑戰，但是，未知的挑戰本來就是在我的規劃裡的，我預計在這一學期結束前，處理好這個問題。所以我可能沒時間給你回信，我們暑假時見面再說。」

然而還沒等到暑假，文展就提前回家了。他告訴我的理由是，功課太簡單了，所以他申請把課程壓後考。

同伴們當然絡繹不絕地去拜訪文展，希望聽他講述，小鎮之外的生活有著如何的模樣。一開始文展還是表現得非常興奮，每天繪聲繪色、手舞足蹈地說著城市新奇的種種，但一週不到的時間，文展家的門又關上了。一旦有人去叩門，文展的母親會說：「文展覺得和你們說話沒意思，他要一個人想想怎麼幹大事。」

在此之前我還自以為，我是文展看得起的人。他覺得小鎮其他的玩伴沒有水準和他對話，但我應該是搆得著他設立的門檻的吧。

我在眾多玩伴退去後，依然頑固地去敲門，倒不是願意再聽他講述所謂城市生活的種種。我只是感覺，文展不自然了，他有哪部分一直不舒服著。他應該是生病了。

和完全拒絕其他人見面不一樣，文展起碼開門讓我進了。他依然願意努力佔據講話的主題，但我感覺得到，他講話的時候氣總不自覺地在喘。

一個精瘦的十幾歲少年，講話卻總是喘氣，他心裡壓著巨大的什麼東西。

我為和他對話制定的策劃，還是一個求教的方式，我知道，那會讓他覺得安全，也會安撫到他，我和他嘮叨著，關於自己明年中考，打算衝刺學校的困惑。我說到，膽小而純樸的父母希望我考所師範中專，畢業出來教小學，「舒舒服服簡簡單單把日子過完」。但我想考高中，我想到外面感受下大學、感受下這個國家其他省份的生活。

文展果然急急建議我，一定不要考師範中專：「這是多麼讓人厭倦的小地方。」他說。他覺得我考大學是個很好的想法，只是要做好心理準備：「到了大城市，你會發現，咱們這種小鎮捏出來的人多粗陋。

「然後，你會恨生養你的地方，它拖累了你。」文展說得很認真。

那天我終於沒勇氣問他，如何和大城市同學的譏諷相處。事實上，那天之後，我突然很不願意再和他聊天了。和他說話，就如同和一個人在水裡糾纏，你拉著他，想和他一起透口氣，他卻拉著你要一起往下墜。

那個寒假，小鎮依然舉辦了教育基金頒獎大會，依然有老先生用古樸的鄉音吟誦一個個未來之星的名字。按照教育基金的慣例，當年考上重點中專和重點高中的學生，是會被著重獎勵的。早早地，老先生就把文展的名字大大地書寫張貼在祠堂的門口。然而，文展終究沒來領獎。

雖然有許多擔心和好奇，但我終究沒再去敲他家的門。我心裡隱隱覺得，他的腦子或者心裡有種異樣的東西，說不上那是不是病，但我害怕自己會被傳染上。

我害怕哪一天我會憎恨生養我的小鎮，會厭惡促成、構成我本身的親友。

那年他什麼時候離開老家的，我不知道。接下來的暑假，他有沒有回老家我也不知道。即使我們就隔著一座房子，但我感覺，我們像隔了兩個世界一般。

直到收到高中錄取通知書時，我才覺得，自己或許有必要和他說一聲。前往他家嘗試找他，他果然沒回來。

「文展告訴我從現在開始，他要想辦法努力，留在那個城市，他說，他希望自己不用再回來了。」他的母親這樣告訴我。

有時候人會做些看上去奇怪的反應，比如，越厭惡、越排斥的人和地方，我們卻越容易糾葛於此，越容易耗盡自己所有就為了抵達。文展的那種執念，我嘗試剖析、理解過，想像他懷抱著這種心態度過的每個日子，會有怎麼樣的生活。

高中三年，文展於我來說，已經是個失蹤的人。只是在考慮填報哪個志願的時候，我一度非常希望能見到他。我也搞不清楚自己是如何的心情。我想，或許他代表了我們這種小鎮出生的人，某種純粹的東西。那種東西，當然我身上也有。我在想，或許他是某部分的我。

他自那之後，果然再沒回過小鎮。只是在過新年的時候，給他父母打來電話，重申他的努力和追求。他父母依然篤定文展會再次凱旋，而他哥哥依舊不屑。因為在小鎮「閒著」沒事，他哥哥早早地結了婚，沒滿二十歲，就抱著自己的孩子，像文展痛恨的那種「無能的父輩」一樣，過著安逸的小鎮生活。

在我考上大學，也進入「城市」生活之後，我經常遇到和文展很像的人，他們一個個和我說著對未來的規劃，和在故鄉在中小學階段的成功帶給他們的無比信心。這樣的人，還因為出身，總可以嗅到他們身上的泥土味。這使得他們的理想粗暴卻淳樸，讓人感覺不到野心勃勃或者城市孩子般的精明，我樂於和這樣的人交朋友，就如同喜歡某種精緻的土特產一般。但顯然我不是這樣的人，要感謝文展的是，我基本不太想太長遠的事情，很多事情想大了會壓得自己難受。我只想著做好一點點的事情，然後期待，這麼一點點事，或許哪天能累積成一個不錯的景觀。起碼是自己喜歡的景觀。

在他們極度亢奮的時候，總是不自覺把聲音抬高，那聲音，總有幾個音節讓我回想起文展那因為兔唇而顯得奇特的腔調，再定睛一看，我總能找到他們臉上和文展類似的部分。我會突然想，在這麼密密麻麻的人群中，那個兔唇、倔強的文展，究竟處在哪種生活中。

大學畢業後，我如願找到了一份記者的工作。我做記者，是因為，我覺得這世界上最美妙的風景，是一個個奇特的人。越大的雜誌社有越高的平台，能見到越豐富的人，我被這種愛好引誘著引誘著，一不小心，來到了北京。

人總是在自己不注意的時候，回歸到了原型。把行李和住所安頓好之後，我第一個事情，就是買了一張票，登上了景山公園的最高處。邊往上走，我邊想像，如果是文展，他此時是否會覺得豪氣萬丈，未來就這麼鋪展在眼前。我想到的，倒一直是對生活的不確定，我享受一個城市提供的更好的平台，但我不知道自己終究會比較享受怎麼樣的生活。

爬到景山公園最高處，我突然想給文展打電話。他的母親每次過年，總是要來找我聊聊天，然後一次次抄寫給我文展的號碼。她說：「你有空和他聊聊吧。」我知道，文展的母親心裡還是隱隱地不安。但她不敢把這不安說出口，似乎一說出口，一切就清晰可見，一切擔心就落地為實了。

電話接通了。「哪個兄弟啊？有什麼好事找啊？」他的聲音竟然聽不出兔唇的感覺。他再次吞下了自己的殘疾，但是，不是以童年時期的那個方式。

我張了張口，最終沒說一句話就把電話掛了。我感覺到，那樣的言說方式背後，有著某些油滑、市儈。我沒想過，要如何與這樣的文展對話。

或許是文展聽他母親念叨過我關心詢問他近況的事情，或許是他猜測出那通電話是我撥打的。過了一週左右，我在自己博客上公佈的郵箱裡，突然接到文展的一封信。

信裡他熱情洋溢地誇獎我的「成就」：「竟然是小時候所有玩伴中唯一一個能進到北京，並且在一個大單位混下來的人。」他還提到，看到我的一些文章，然後很仔細地點評他認為的優缺點，最終說：「我最近在籌劃一個大計畫，計畫成了，將打敗所有人對我的質疑，讓老家人以我為傲。」

斟酌了好一會兒，我還是回信說：「沒有人對你有質疑，大家許久沒見到你，很期待能和你聚聚。不如今年春節就回老家，小時候的玩伴真該一起聚聚了。」

出遠門工作，反而讓我明白自己確實是個戀家的人。自工作有經濟能力之後，我每年總要藉著過年或者什麼重大節日的名義往家裡跑。老家的路已經翻修過幾次了，鄉里街坊每戶人家，也因為不同際遇，不再如同以前清一色的石板小屋，開始長出不同樣子的房子來。我家的房子也已經翻修成四層的小樓房。四樓就是我的書房，只要走到陽臺，就能看到文展的家和文展的房間。他們家至今沒有翻修。每年春節回家，我坐在書桌前，總要抬眼看看文展的房間，每次都是窗戶緊閉。

文展沒有回信，春節也沒回來。而且我知道，短時間內，他不會再讓自己被我聯繫上了。那年春節，我倒心血來潮提起了勇氣，開始走訪一個個小時候玩伴的家。

有的人已經結婚了，抱著孩子，和我講述他在夜市上擺著的那攤牛肉店的營收。有的當上了漁夫，和我講話的時候，會不自覺地把自己的身子一直往後退，然後問：「會不會熏到你啊？」有的開起服裝廠當上了老闆，吃飯的時候一直逼我喝陳釀多少多少年的茅臺，然後醉氣醺醺地拉著我，中氣十足地說：「咱們是兄弟對不對，是兄弟你就別嫌我土，我也不嫌你窮，我們喝酒……」

我才明白，那封信裡，我向文展說的「小時候的玩伴真該一起聚聚了」，真是個天真的提議。每個人都已經過上不同的生活，不同的生活讓許多人在這個時空裡沒法相處在共同的狀態中，除非等彼此都老了，年邁再次抹去其他，構成我們每個人最重要的標誌，或許那時候的聚會才能成真。

從老家回到北京沒多久，母親打來電話，告訴我，文展的父親突然中風病逝。「文展回來送葬，你都不能想像他變成什麼樣了，很瘦，很黑，頭髮枯枯的，不太願意和人說話。」

又過了一個月，母親和我閒聊說起，文展回小鎮工作了：「是他母親勸他留下的，據說找了關係，在鎮裡的廣播站當電工，也幫忙編輯些文字。」

聽說這個消息，我幾次想找個事由回老家一趟，我知道，如果只是因為想見見一個兒時玩伴就突然休假回家，對母親、對公司的領導，都是個讓他們錯愕的理由。

越想尋到理由，越不能如願。耽誤著耽誤著，又一年了，終於要過年了。

在啟程回老家前的一個月，我竟然不斷想像，和文展相見會是如何的場景。我不斷在思考，自己是該客氣地和他握手，還是如同以往，像個哥們兒拉住他擁抱一下。

但我們已經十幾年沒見了。十幾年，一個人身上的全部細胞都代謝完多少輪。我因而又惴惴不安起來。

我早早地回到了小鎮，然而，因為內心的這種不安，我始終沒有去敲他家的門。我想著的是，我們兩家住得那麼近，總能無意間撞上吧。或許這樣的見面方式更好。

果然第三天，我拐進小巷的時候就遠遠地看到文展。他正從巷尾走過來，應該是要回家。我興奮地招手，他似乎有抬頭瞄到了，但又像沒看見繼續走。我喊了聲：「文展。」他卻似乎完全沒聽見，竟然在一個小路口直接一拐，拐出了小巷。

當晚，我向母親打聽來他下班的時候，特意在那個時間點「出門走走」。文展果然在那個時候出現，我依然很興奮地朝他揮手，他又似乎刻意避開一樣，往相反的方向走了。

我確定，文展在躲我。但我不確定，他是出於什麼樣的理由。

眼看春節要過了，我最終決定，去他家拜訪。

其實我家出門右拐，再走一二十米，就到他家了。門還是那個門，敲起來還是這樣的木頭聲。「文展在嗎？」

「誰啊？」依然是他母親這樣詢問的口氣。

「是我，我來找文展。」

門打開了。文展的母親笑容滿面地迎我進去：「他在自己的房間，你還記得吧。」

我當然記得。

這房子，我也十幾年沒進來了。它果然是記憶中的那個樣子，但又不僅僅是那個樣子，就如同一張沒對焦好的照片，一旦清晰起來，大概的模樣還是如此，只是每部分的景致，完全顛覆了此前的感覺。它比我記憶中小，土牆斑斑駁駁、老氣沉沉，還飄散著一股發霉的味道。

到了文展的門口，他果然還是如同以前，把房門關上了。我敲了敲房門，門開了。是文展。

他是如同母親說的，瘦了，黑了，頭髮枯枯的。但他最重要的改變不是這些，而是他給人的感覺。他背微駝，眼睛半乜著，疲憊但警惕，眼神的冷漠不是有攻擊性的那種，而彷彿是對他自己的冷漠。

「好久不見了，文展。」我試圖用小時候一週不見那種打招呼的口吻。

他顯然沒有預料到我會來，也愣了一下。

我在那一刻也愣住了，不知道是不是應該和他擁抱。他的外表，他的眼神，他的氣質，似乎都不是十幾年前我熟悉的那個文展，生活已經把他雕刻出另外的模樣，但即使這樣的面目全非，還是可以從他的眉角、他臉上細微的一個表情，找尋到，那個文展。那個文展或許破碎了，但他是在那身體裡的。

文展最終幫我做了決定，不握手也不像老朋友那般擁抱，而是平淡地指了指椅子：「坐吧。」

他的房間還是沒打開窗戶，即使白天，也把電燈亮著。鎢絲燈有些發黃，讓我目光所見，似乎都有種老照片的錯覺。

我努力想找尋到過去的影子，因為，那是我來找他，並且此刻能和他對話的原因：「這房間沒變啊，那個皮箱還在嗎？我還記得，裡面放著你整理的歷史大綱。」

「皮箱裝上一些父親的衣服，和他的屍體一起燒了。」

「不好意思。」

我沉默了一會兒。

「那些歷史大綱呢，當時你做的這個事情讓我非常崇拜。」

「哦，那些無聊的東西，我帶去福州不多久就扔了。」

「真可惜啊。」我不知道自己還能說什麼。

我們又沉默了許久。他似乎意識到我努力背後的善意，試圖挑起話題：「我在廣播站，還播過你的文章。」

「是你特意關注的嗎？哈，我又不是什麼大作者。」我馬上抓住機會，試圖通過自嘲，讓這個對話進入放鬆的階段。

然後我開始講述，自己在外地生活的種種。

我沒有預料到，他竟然沉默了。而且這一沉默，不像我想像的，只是一個小小的、可以逾越、可以熬過的間歇。他冷漠地坐在那，任由沉默如同洪水汩汩淌來，一層層鋪來，慢慢要把人給吞沒了。

我終於忍不住，站起身說：「那打擾了，我先回家了。」

此刻他卻突然說話了：「對不起，其實我也說不清楚，自己為什麼厭惡你。」

我愣住了。

「你說，憑什麼是你？為什麼不是我？」

我知道他在說的是什麼，我知道他提問的，是我們都沒辦法回答的問題。

第二天，我改了機票提前回北京。在路上，我反覆在想，自己此前對文展耿耿於懷的原因，是因為我有種無意識的愧疚感，彷彿我莫名其妙地過了他應該過的生活？又或許，是因為，我知道，從本質意義上，我們都是既失去家鄉，又永遠沒辦法抵達遠方的人。

自此之後，我再也沒去過文展家裡。每次過年回家，遠遠地看到他，也總是趕緊躲避。母親不知道其中發生的緣由，總源源不斷帶來他家的信息：文展和他哥哥的矛盾爆發了。他哥哥憑著老婆帶來的嫁妝，開了家海鮮店，日子過得不錯，或許是為了爭回以前那口氣，每每總是對文展冷嘲熱諷。文展的工資不高，只有一千多，他在工作中本來就看不上同事的粗俗，在單位的日子也越發難受。文展的母親，到處奔走著試圖幫他找到一個好妻子，但因為兔唇和事業一般的緣故，一直沒找到。堅持了兩年多，文展再次走了。這次不是去往任何一個城市，而是向廣電系統申請，跑到一個只有幾千人口的小村莊，挑起附近地區發射臺的維修看護工作。

我知道，他和我這輩子都注定無處安身。

厚朴

不合時宜的東西，如果自己虛弱，終究會成為人們嘲笑的對象；但有力量了，或堅持久了，或許反而能成為眾人追捧的魅力和個性——讓我修正自己想法、產生這個判斷的，是厚朴。

見第一面時，他就很鄭重地向我介紹他的名字以及名字含義：「我姓張，叫厚朴，來自英文Hope。」

為了發好那個英文單詞的音，他的嘴巴還認真地圓了起來。

一個人頂著這樣的名字，和名字這樣的含義，究竟會活得多奇葩？特別是他還似乎以此為榮。

他激動著兀自說了下去——

他的父親是個了不起的人，原本只有小學畢業，後來自考了英語，作為全村唯一懂英文的人，在村子裡的學校當英語老師兼校長。他父親不僅通讀世界文明史，還堅持每天聽美國之音，他認為父親是那個村子裡唯一有世界觀的人。別人家的院子，一進門就是用五彩瓷磚貼成的福祿壽喜，他家一進門，是父親自己繪畫、鄉里陶瓷小隊幫忙燒製的世界地圖。

「這世界地圖有一整面門牆大。」厚朴盡力地張開手比劃著，好像要抱著整個世界一樣，臉上充滿著說不出的動人的光。

他像面對廣場演講的領袖，驕傲地宣佈自己的名字和名字的含義。

他的行李是用兩個編織袋裝的，進門的時候左手一個右手一個，像少林寺裡練功的武僧。身上穿的一看就是新衣服，頭髮也特意打理過，只是天太熱，衣服浸滿汗水，黏在身上，頭髮也橫七豎八地躺在頭上，像被吹蔫的野草，全然沒有他自己想像的那種瀟灑。倒是有幾根頑固地站立著，很像他臉上的表情。

他很用力地打招呼，很用力地介紹自己。看到活得這麼用力的人，我總會不舒服，彷彿對方在時時提醒我要思考如何生活。然而，我卻喜歡他臉上的笑。一張娃娃臉，臉上似乎還有幫忙種田留下的土色，兩個小虎牙，兩個酒窩，笑容從心裡透出來。

我想起了家鄉小鎮，改革開放後莫名其妙地富了。而我所在的中學是小鎮最好的中學，有錢人總拚命把孩子送進這裡。

每個小孩到班級的首次亮相，都映射出他們父母想像中這世界上最幸福的小孩該有的樣子：戲服式的誇張制服，有的還會別上小領結，頭髮抹上光亮的髮蠟。父母在送他們上學的時候，也許帶著驕傲感。然後，在飽含緊張和驕傲的期待中，小孩走進教室，惹來一陣哄堂大笑。每當此時，我總能聽到來自孩子以及父母內心，那破碎的聲音。

不清楚真實的標準時，越用力就越讓人覺得可笑。

厚朴大約也是這樣的小孩，他們往往是脆弱的，因為乾淨到甚至不知道應該要去判斷和思考自己是否適合時宜。

我什麼時候成為務實而細膩的人的？我自己也不知道。

表面上我大大咧咧、粗心大意。事實上，我講每句話的時候，總擔心會冒犯他人。我總在拚命感知，人們希望聽到什麼？如何表達到位？說不出的恐懼，恐懼自己成為別人不喜歡的人。為什麼這麼需要讓別人喜歡？或許是求生的本能。

時間久了，就會覺得臉上彷彿長出一個面具。每天晚上回到家，深深卸口氣，彷彿職業表演者的卸妝儀式。中學過集體生活時，我把這個動作掩飾成用水擦臉時舒服的「哼哼聲」。我自嘲這怪癖是我讓人喜歡的一個原因。唯獨有一次，一個同學神經兮兮地湊到我耳邊，說，我看出來了，你不是因為擦臉舒服，而是因為覺得扮演自己太累。他「呵呵、呵呵」地笑著，詭異地離開。而我當即有被一眼看穿的感覺。

中學時，總會碰到可以用「神奇」來形容的同學。看穿我的那位同學就是其中一個。他幹過的大事包括：臨高考前的一個下午，邀請年級考試前十名的同學，到團委活動中心集合。等到大家都滿臉茫然地坐好的時候，他突然一蹦，跳上講臺，大喊：「諸位護法，我召集爾等是為了正式告訴你們，我是你們等待的神，爾等是我的親密子民，必須發誓永世為我護法。」同學們一愣，有的翻了白眼，有的直接拿書往他頭上一扔，還有的笑到捧著肚子在地上打滾。他卻還在認真扮演著自己的角色，半晌不動，像個雕塑。

一直在內心期待，他終有一天會變成邪教頭目吧。讓我失望的是，這傢伙後來竟然是高中同學裡第一個結婚的，也是第一個發胖的。他在一所中學當生物老師，最喜歡教的課是青蛙解剖課。畢業十周年的高中同學會時，他抽菸、喝酒、說黃色笑話，一副活在當下、活在人間的塵俗感。

我實在好奇，他「神奇」的那部分跑哪兒去了。藉著酒勁，我湊到他耳邊，用故作神祕的口吻提起當年那件事：「其實你是唯一看穿我的人。怎麼現在變成了這個樣子？」

他哈哈大笑：「當時都是開玩笑。」

看我悵然若失，他嚴肅地說：「其實我自己都搞不清楚，哪個才是我應該堅持的活法，哪個才是真實。」說完抬頭直直地看著我，看得我內心發毛。他又突然重重用手拍了我的肩膀，說：「怎麼？被嚇到了啊？騙你的！」

我不知道他哪句是真話，生存現實和自我期待的差距太大，容易讓人會開發出不同的想像來安放自己。我相信，他腦子裡藏著另外一個世界，很多人腦子裡都偷偷藏著很多個世界。

我自己也一直警惕地處理著想像和現實之間的關係：任何不合時宜的想像都是不需要的，因為現實的世界只有一個。

那天下午，我在厚朴的腦袋裡看到了他的想像：他以為他現在到達的，是整個世界的入口；他以為再走進去，就是無限寬廣的可能；他以為正在和他對話的，已經是整個世界。

我忍不住提醒：「厚朴，你最好不要和同學們說你名字的來歷。」

「為什麼？」他轉頭問我，臉上認認真真地寫著困惑。

「因為——」

我實在說不出來，因為世界不是這樣的。

他果然、終於還是說了。

班級的第一次聚會，他喝了點酒。這大概是他的人生第一次喝酒。

不知道自由是什麼的人，才會動輒把自由掛在嘴邊。

他的臉紅紅的，口齒有點不清，最後描繪到世界地圖的時候，他加重了口氣，甚至因為酒勁的緣故，還誇張地跳了起來——「有這麼大一面世界地圖。」

一片哄堂大笑。

或許是喝了酒，又或許厚朴的字典裡根本沒有嘲笑這樣的詞，同學們的大笑反而讓他像受了鼓勵一般越發激動了。他開口唱了一首英文歌，好像是〈Big Big World〉。唱完後他鄭重地宣佈自己要盡可能地活得精彩，還矯情地用了排比句：「我要談一次戀愛，最好馬上破處；我要組建個樂隊，最好再錄張專輯；我要發表些詩歌，最好出本詩集；我要我的世界分分秒秒都精彩，最好現在就開始精彩。」

他在說這些話的時候，大概以為自己是馬丁·路德·金。多麼貧瘠的想像力，連想像的樣本都是中學課本裡的。我在心裡這樣嘲笑著。

厚朴的言行果然被當作話題到處傳播，但出乎我意料的是，他一點都沒在意。他是不是沒有意識到這樣的談論是嘲笑，甚至可能以為這是某種認可。

去食堂的路上，有人對他意味深長、不懷好意地「呵呵」笑，他直接衝過去，雙手搭在人家肩上：「兄弟對我有好感啊，那認識下？」反而搞得那人手足無措，倉皇而逃。調皮一點的，看見他走過，就模仿著漫畫裡的角色，雙手高揚大喊：「熱血！」他也開心地跟著認真地歡呼起來：「為青春！」

我在一旁看著，總覺得尷尬。

出於擔心，又或者出於好奇——這樣的人會迎頭撞上怎樣的生活——我有段時間總和他一起。

我終究是務實和緊張的，我開始計算一天睡眠需要多少時間，打工需要多少時間，還有賺學分和實習……這樣一排，發覺時間不夠用了。大學畢業之後的那次冒險將決定我的一生。高中時父親的病倒，讓我必須保證自己積累到足夠的資本，以便迅速找到一份工作，這份工作還得符合我的人生期待。這很難，就像火箭發射後，在高空必須完成的一次次定點推送一樣。

厚朴不一樣，他實在沒有什麼需要擔心的東西，或者是不知道可以擔心什麼，沒有什麼需要認真安排。

厚朴參加了吉他社——理所當然，畢竟他想組建樂隊，然後他又報名了街舞社、跆拳道社——他甚至說自己想像中穿著跆拳道服和人做愛的情景。他是用嚷嚷的方式說的，生怕別人不知道。那段時間裡，他腦子裡充滿著太多詭異的想像，跆拳道在他心目中或許意味著青春的叛逆和城市化吧。最後他還報名了詩歌社。

他熱情地拉我去各個社觀摩他的「精彩嘗試」。陪他走了一圈後，我覺得，吉他社應該更名為「想像自己在彈吉他的社團」，同理，街舞社、跆拳道社、詩歌社，分別是想像自己在跳街舞、打跆拳道和寫詩歌的社團。

在迅速城市化的這個國家裡，似乎每個人都在急著進入對時尚生活的想像，投入地模仿著他們想像中的樣子。這些社團或許更準確的描述還可以是——通過假裝彈吉他、跳街舞、寫詩歌來集體自我催眠，以為自己變得現代、時尚的邪教組織。

被這種想像俘虜多可笑。真實的世界，世界的真實不是這樣的。

大一，我給自己設定的目標是兩個學期都拿獎學金——生活費都從那兒來。打一份工，爭取第一年攢下三千塊——為畢業找工作備糧草，然後進報社實習。實習是沒有收入的，但可以看到更多的真實世界：真實的利益關係和真實的人性。要訓練自己和真實的世界相處。

就這樣，我和厚朴朝兩個方向狂奔，以自己的方式。

過五關斬六將之後，我終於獲得了到報社實習的機會，面試是厚朴陪我去的。回來的路上，他沒有祝賀，而是搖頭晃腦地說：「父親和我講過一個故事，是他從美國之音裡聽到的。一個常春藤畢業生到某世界五百強企業面試，那企業的董事長問他，你大一幹麼了？那學生回答，用功讀書。大二呢？認真實習。大三呢？模擬現實試圖創業。你揮霍過青春嗎？沒有。你發洩過荷爾蒙嗎？沒有。然後那董事長就叫那學生出去，說你還沒真的生活過，所以你也不會好好工作，等補完人生的課再回來吧。」

我知道他想藉此告訴我什麼，但這故事一聽就真偽可疑，厚朴竟然全盤接受。

他不知道什麼是真實的世界。

我沒有直接反駁他，也許，我也在隱隱約約期待著，有人真可以用務虛的方式，活出我想像之外更好的人生。

厚朴見我沒反駁，接著宣佈：「我要組建樂隊。」一副青春無敵的樣子，又似乎是對我的示威。

開學後沒多久，一家臺灣連鎖的咖啡廳在我們全校招收服務員，要求有三個：長相端莊、談吐有氣質、身材標準。一個月工資一千，可以根據具體課時調整安排工作時間。他興沖沖地去面試並拉我作陪。烏泱泱的一群學生，都極力想像著高端的感覺，抬頭、收小腹、翹屁股，用氣音說話，放慢語速。面試的現場我還以為是表演課的課堂。

第一關，端莊，他勉強過了；第二關，談吐，據說他又熱血了一回；第三關，身材——裡面傳來「吭吭哐哐」摔東西的聲音，然後厚朴走了出來：「草泥馬的一米七。」咖啡廳老闆對他用尺子一量，一米七不到，便很認真地打了個×。他拉著我就跑，邊跑邊笑：「端莊個毛啊。」

咖啡廳的工作沒找到，但厚朴開始忙到不見蹤影。經常我睜眼的時候他已經不在宿舍，我睡覺的時候，他還沒回來。宿舍裡的樂器越來越多，他皮膚越來越黑，人也越來越精瘦。我幾次問他幹麼去了，他笑而不答。直到我跟著報社的記者到學校後山的採石場採訪，才看到不到一米七的他，正掄著一個巨大的鐵錘在敲打著巨大的石塊。

我吃驚地走上前拉住他：「你可真能啊。」他當時全身汗涔涔的，一條毛巾搭在頭上防日曬，活脫脫一個農民。「去他媽的世界，難得住我嗎？文明人才怕東怕西，必要的時候我可以不文明，我比你底線低。」

他依然笑得很好看。

不合時宜的東西，如果自己虛弱，終究會成為人們嘲笑的對象，但有力量了，或堅持久了，或許反而能成為眾人追捧的魅力和個性——讓我修正自己想法、產生這個判斷的，是厚朴。

厚朴的樂器在大一下學期購買完畢。大二上學期剛開始，他自己寫了個組樂團的啟事，擠到一堆正在招新的社團裡面，大聲吆喝。

海報特別簡單，就寫了個標題：組建改變世界、改變自我的樂隊。然後下面是兩句他自己寫的詩歌：

你問我，要去到的地方有多遙遠
我回答你，比你看得到的最遠處還遙遠
你問我，想抵達的生活有多寬廣
我回答你，比你能想像到的一切還寬廣

事實上，那時候的他之所以能配齊全所有樂器，還是參考著網上的資料進行的。自以為能用吉他彈完幾首曲子，對於樂隊，他其實什麼都不懂。

厚朴找到的第一個團員叫小五，白白嫩嫩、瘦瘦小小，戴著個眼鏡，父母都是公務員，此前沒有任何音樂基礎。招新的前一天，厚朴在操場邊佈置第二天的招新展位，看到一個又白又淨的小男生默默地換完衣服，認真疊好，像豆腐整整齊齊地放在場外，蹦了幾下當作熱身，就跑進球場裡。然後傳來了歇斯底里的吼叫聲，轉頭一看，小五青筋暴漲，滿臉猙獰，和剛才活生生兩個人。厚朴就衝過去邀約了。

第二個團員綽號瘦胖，父親是國家武術教練，每次從班級到宿舍，總要評點不同女生的不同特質——「她臉是好的，可惜鼻子短了點，導致人中過長，嘴巴即使小巧精緻，也已經無法構建整體的美感了，可惜」、「她是個狡猾的女生，其實身長腿短，所以你看她穿裙子，故意把腰帶圍得那麼高，這種女人不能泡」……

第三個團員叫圓仔，父母是開小賣部的，他後來寫了許多有零食名字的歌，稱之為物質主義流派：「脆脆的蝦條你汪汪的眼，薄薄的薯片你軟軟的話，蒼蒼的天空，這滿地的花生殼，流動的河水，這濃濃的啤酒香……」

團員還有阿歪、路小、扁鼻等等。

厚朴本來想自己當主唱的，但是第一次聚在ＫＴＶ試音，他一張口，就馬上被轟下臺了。瘦胖的原話是：「不徹底的文明，不徹底的土，徹底的亂唱徹底的難聽。」結果，扁鼻當了主唱，「他起碼能用鼻腔共鳴。」

最終的排練場地只能設在我們宿舍。據說每天下午四點準時開敲，「哐切哐切」一直到九點，全程五個小時，雷打不動。但有效排練時間一般只有三個小時，中間總是要應付前後左右宿舍傳來的抗議，必要時，還得和某個宿舍的人幹場架。

使用「據說」這個前綴，是因為那段時間我也經常不在。大二開始，報社的實習轉成了兼職。我每個下午都去市區跑新聞：退休幹部養成了稀世蘭花、老人的孫女愛上自己的老友、領導幹部的重要講話、某場鬥毆導致幾死幾傷……

這個工作經常接觸到車禍和事故。帶我一起跑新聞的是個女記者，遇到這樣的事件，尖叫聲的音量總是和靠近屍體的距離成正比。我卻有著自己都想像不到的冷靜，若無其事地詳細打量，記錄細節，必要時，我還會用筆去挑開屍體的某一部分。之所以不恐懼的原因在於，我把他們都當成「事件裡的某個細節」，而不是「某個人」。然而，每次從事故現場採訪回來，走進學校，看到這裡烏泱泱的人群，努力散發荷爾蒙、享受和挖掘身體的各種感官時，總會有種強烈的恍惚感。甚至會矯情地想，這麼努力追求所謂青春的人，意義在哪？

這種心境下，厚朴越來越成為我心中的奇觀。

我擔心著、羨慕著、懷疑著又期待著他：他到底會活出什麼樣子，他到底能活出什麼樣子？

看著他，猶如在看老天爺正在雕塑的一個作品。但一想到他是我的朋友，卻又莫名為他心慌。

樂隊的第一場演出在三個月之後，我想他們應該進行了異常刻苦的訓練吧。那場演出我被安排出席，坐在第一排最中間的位置，還被派了活——上臺獻花。事實上，我非常不樂意這麼做，容易讓人產生奇怪的聯想。但厚朴堅持：「你是看著我爆發生命力的人。」

演出地點在學校第二食堂，舞臺就是把大家排隊打飯刷卡的地方清空了，接上厚朴找學生會文娛部借的音響。吃飯的桌椅是天然的座位。為了烘托氣氛，從食堂的大門到走廊到打菜的窗口都貼滿詩歌式的標語：「你是否聽到自己的靈魂在歌唱」、「我不會允許自己的青春夭折，所以我要讓我的無知放肆地宣洩」、「孤單是所有人內心的真相」……我想，傳銷公司的裝修標準也不過如此吧。

也是直到那天，我才知道，樂隊的名字叫——「世界」。讀到海報上這個名字時，想起了厚朴張大雙臂描繪他家那面用五彩瓷磚貼就的世界地圖的樣子。

或許實在有太多話想說了，當不了主唱沒法親自用歌曲表達，厚朴自己扮演了主持人的角色。

各種樂器準備好，食堂的五彩燈點亮。厚朴帶著成員一起上臺。他拿起麥克風，似乎用盡全身力氣，大喊：「大家好，我們是世界，請從現在開始，聽我們歌唱……」

事實上，整場演唱會我沒記住一首歌。或許是為了趕時間，「世界」

樂隊的所有歌都是用既有流行歌曲的曲子，厚朴自己填詞。厚朴的詞笨重又血脈賁張，流行音樂的曲子當時還多是輕巧簡單的節奏循環，兩者實在不搭。但我確實記住了厚朴開場前吼的那一嗓子：我們是世界，現在聽我們歌唱吧。

雖然不願意承認，但在那一剎那，我竟然被觸動到了，竟然很認真地想，自己是否也可以活得無所顧忌、暢快淋漓。

顯然，記住那一嗓子的不僅是我。「世界」樂隊沒紅——那些歌大家都沒怎麼入心，但厚朴在學校紅了。

演出的第二天晚上，就有人在宿舍門口探頭；到後來，去教室的路上都開始有人和厚朴打招呼；最後，中文系主任給整個系開大會，在傳達如何應對SARS的通知時，也開玩笑地說：「聽說我們中文系有個世界，還開口唱歌了……」

每次被人肯定的時刻，厚朴不會扭扭捏捏地不好意思，也沒有故作姿態地矜持，而總是馬上笑開兩顆小虎牙，大聲回應：「對，是我，我是厚朴，我是世界。」

我總結是：厚朴確實在用生命追求一種想像，可能是追索得太用力了，那種來自他生命的最簡單的情感確實很容易感染人，然後有人也跟著相信了，所以厚朴成了他想像的那個世界的代言人。

我喜歡這樣的厚朴，我也願意相信這樣的厚朴，但我總覺得他是在為所有人的幻象燃燒生命。假如這個幻象破滅，別人只是會失望，但厚朴自己的內心會發生什麼呢？

厚朴談戀愛了。這是意料中的事。

他走紅後，我們的宿舍簡直成了個性人士在這所大學的必遊景點，這麼多人來來回回，都帶著打開的內心，總會有和厚朴對接上，並最終睡到一起的人。

那時，我採寫的一篇報導意外獲得省裡的新聞獎，報社給我派的活越來越多。我在外面採訪加班的時間越來越長，每次回到宿舍都晚上十點後了。但宿舍裡，總還是異常熱鬧，聚集而來的人又總是性格各異。有那種神叨叨的人，拽著厚朴堅持討論「人活著的意義」；有整個手臂紋滿刺青，身體到處打洞的人，狂躁著要拉厚朴幹件牛逼哄哄的事；有那種書呆子氣重到讓所有人避而遠之的人，怯生生地問，能否和厚朴一起發起一個什麼實驗；還有拉著厚朴要做音樂生意的……每個人都有各自天馬行空的願望和想像，在現實中因或多或少的原因和困難「正在籌備」或者「暫緩執行」，但似乎找到了一個共同的出口：厚朴你來帶頭做吧！

每晚，我走進宿舍，總會看到他們圍著厚朴，像真的圍著他們生命的希望一樣，極力鼓動著，要厚朴馬上投入某個由他們策劃的偉大計畫。大學統一十點關燈，這群人在關燈後非但不散，反而更能釋放自我，彷彿黑暗容易讓人忘記理性。總在我迷迷糊糊快進入夢鄉的時候，突然有人大喊一聲：「我們一定得活出自己想要的樣子！」、「只有一次青春啊！」

然後肯定會聽到厚朴更激烈的回應：「對的，就是要這樣！」

因為在報社兼職有了積蓄，也因為兼職的活太累、太需要好的休息，我終於受不了這樣的「夜夜群體激情」，在大二期末考前搬出宿舍，租了一個房間。

搬家那天，厚朴突然有種被拋棄感，甚至有種警惕：「你不認同我了？或者吵到你了？」

厚朴擔心的顯然是前者。

我解釋了一遍自己工作的強度以及需要休息的迫切度。厚朴似乎依然還想得到我的認同，但他自己也沒想到辦法，只是反覆問：「所以你一定會支持我吧！」

「當然！」我回答。

「但是你真的不是因為不認同我？」

我實在不想來回繞，也突然想到，這何嘗不能成為我換取稿費的一個選題：「校園樂隊青年和他的熱血青春」。採訪他不恰恰可以是我對他認同的證明嗎？所以我說：「對了，不如我採訪一下你吧，你的故事我想讓更多人知道。」

他愣住了，然後馬上開心地笑出了那兩顆著名的小虎牙：「真的啊？我太高興了。」

於是我順利地搬離了宿舍。在我搬離後，厚朴認真地用油墨筆寫上「神遊閣」，嚴肅地貼在宿舍大門上。

在我搬離宿舍的第三天晚上，凌晨兩點，厚朴打通了我的電話。

「你在幹麼？」他問。

我知道是他有話想說：「什麼話說吧。」

「我剛那個了……」

我知道他說的是什麼。我實在不想把這對話繼續：「晚安吧。」

他著急地嚷著：「別掛電話啊——」在電話掛斷前，我聽到他在那興奮地狂嚷著：「這樣的青春才有意思啊，才有意思啊——」

即使我沒怎麼去學校，還是聽說了厚朴足夠誇張的事蹟：一週換三個女朋友；在學校外的飯店裡和人打架；在上當代文學課時，直接把老師從課堂裡轟下來，跳上講臺演唱自己寫的歌……甚至，還有一次在宿舍裡當著一群人的面和一個男同學接吻，用那種一貫的宣誓口吻說：「我想嘗試世界的各種可能。」

學校輔導員終於忍不住了，打電話到厚朴山區裡的那個家。沒想到的是，厚朴的父親，那個著名的鄉村英語老師，聽到這一番描述，只是哈哈大笑。

我不禁開始揣測，或許厚朴是他父親自認為未盡興的青春，在新一個肉體上的延續。

最後輔導員找到了我，希望我從未來的角度勸說下厚朴：「誰沒青春過啊？但得有個度。你比較成熟，知道這樣下去厚朴的檔案裡有這些，他以後會吃苦頭的。現實的生活就是很現實的……」我知道輔導員的好意，他說的話我也認為在理。但我知道自己勸說不了厚朴，我們能成為好朋友，或許正因為我們是相反的人。

然而，厚朴再一次出乎所有人的意料。

鬧哄哄的厚朴突然安定下來了。更想不到，讓他安定下來的女孩會是王子怡。

王子怡在學校裡也算是名人，有名的原因不在於她多漂亮或者她多出格，而在於她的父親——據說是市委秘書長。這樣的傳說，沒有人當面問過，但是學校的老師，在她面前也總是一副點頭哈腰的樣子。

對這個學校的人來說，王子怡始終是面目模糊的。除「秘書長的女兒」之外，她似乎害羞、傲慢，無論什麼時候總是歪著頭，似乎看不到任何人。許多人本來是那麼篤定，王子怡應該是與厚朴生活在兩個世界裡的人。王子怡所屬的世界，充滿著的，應該是家裡也同樣握有權勢的繼承者，或者鑽破腦袋想往上爬的鳳凰男。王子怡似乎就應該屬於同學們心目中又土舊但又讓人嫉恨的圈子。

但王子怡卻成了厚朴的女朋友。

得知這個消息，我確實也吃了一驚。但我一下子明白過來，這也是厚朴。有些人確實一門心思突破一切想抵達所謂的新世界，但轉頭一看，卻發覺，他們只知道用老的規則來衡量自己；才發覺，其實他們徹頭徹尾地活在舊體系裡了。在這個意義上，其實所有人都誤解了，厚朴不是能帶著大家找到新世界的人，他其實還是活在舊世界的人。不過這一點，或許厚朴也不自知。

在我看來，厚朴和王子怡的戀情非常容易理解：厚朴以為通過擁有王子怡可以證明自己又突破了什麼，而王子怡以為通過厚朴完成了對自我所擁有的一切的反叛。其實王子怡才是比厚朴更徹底的反叛者，或者說，來神遊閣的其他人，其實都比厚朴更知道自由的世界是什麼。

無論如何，這段戀情確實揭發了厚朴。自從王子怡搬到神遊閣後，來的人就少了。那些人以為自己不願意來的原因是因為這個「來自舊世界」的王子怡，以為王子怡身上老土的腐朽感污染了自由世界，但或許他們心裡清楚，他們只不過是察覺到了厚朴身上的另一個部分。

當時的我也意識到一個名叫張靜宜的女孩在向我示好。她來自和王子怡同樣的「世界」：她的父親是市文化局局長。她收集著我發表在報紙副刊版的詩歌和小說。

我搬到出租房的第三天，她就不請自來了。沒說什麼話，但是眼睛總是骨碌碌地轉，到處認真地搜索。停留沒一會兒，就走了，下午再來的時候，帶來了一床棉被、一副蚊帳、一個枕頭、一個薰香爐和一支筆。我愣在那，來不及拒絕，她就已經把這些東西佈置好了，好像它們天然就應該在那。

然後她坐下來聊天，說，她父親一直讓她尋找有才華的男孩子。她說，父親交代，不要看一個人的出身，要看一個人的可能性：「這是一個家族能不斷發展壯大的關鍵，也是一個女人最重要的能力。」

我一下子明白她是什麼樣的女孩，雖然我一直看似功利地在努力測算和安排自己的未來，但骨子裡頭是那麼厭惡這樣的計算。從得失的角度，我應該把握這個女孩。而且她確實是個好女孩，沒有嬌養的氣息，沒有功利感，她在試圖成為一個傳統的、考慮到整個家庭甚至家族的女人。但我聽了她的這些話後，竟然覺得異常的不舒服，我慌亂地、笨拙地催她離開。

等靜宜離開後，我突然想打電話約厚朴出來喝酒。我們剛好成了有趣的對比，而我們各自都是對自己有誤解的人：他以為自己做著摧毀一切規矩的事情，但其實一直活在規矩裡。我以為自己戰戰兢兢地以活在規矩裡為生活方式，但其實卻對規矩有著將其徹底摧毀的欲望。

但我最終沒打這個電話，我沒搞清楚，是否每個人都要像我這樣看得那麼清楚。我也沒把握，看得清楚究竟是把生活過得開心，還是讓自己活得悶悶不樂。

我沒預想到，厚朴在學校裡，形象崩塌的速度會這麼快。大三一開學，厚朴似乎就變得無人問津。許多當時聚集在神遊閣的人，偶爾還會私下討論，怎麼當時會崇拜這個其實沒有任何實在東西的人。他們甚至會回溯：「你看，當時他是因為組樂團開演唱會而讓許多人欣賞的，但其實他樂隊的歌我們並沒有任何印象，最蹊蹺的是，他明明不會唱歌，怎麼當時就糊裡糊塗地欣賞他了。」

王子怡似乎比厚朴更不甘接受這樣的結果。她逼著厚朴和樂隊更加瘋狂地練習，還從父親那兒要到了資助，為樂隊添了一些更專業的樂器。然後，在大三期中考前，「世界」樂隊又要開唱了。

這次的演唱會顯然專業很多，地點是在學校大禮堂——王子怡出面找學校申請的，宣傳就如同大明星的演唱會一樣，多層次全方位——學校電視臺、廣播站不斷播放著演唱會的消息，銅版紙印刷的海報張貼在所有看得到的宣傳板上，並由學生會的幹部在各個超市和食堂的門口分發。

海報裡厚朴站在中間，其他隊員分列兩側，「世界」樂隊的字放得大大的，演唱會的主題是：「關於理想，關於青春」。海報上厚朴還是笑出兩顆小虎牙，但可能是有化妝，臉上看不見那種透亮。

演唱會的那天，我因為在報社加班，最終缺席了。聽同學說，狀況奇差：能容納千人的大禮堂，就坐了兩三百人，這其中還有被要求到場來支持的學生會幹部。

第二天我回到學校，看到宣傳欄上貼著的海報被人打了個大大的×，上面還留著一句話：「官養的樂隊有勁嗎？」

王子怡沒理解到的是，學校裡的這種樂隊，販賣的從來不是音樂，是所謂「自由的感覺」。或許厚朴也沒理解到。

我能做的事情就是履行此前搬家時對厚朴的承諾。演唱會後的第二天，我兼職的這份報紙刊登了厚朴和「世界」樂隊半版的報導。但採訪不是由我來做的，我求著報社的一位元老記者操刀，因為我知道我會忍不住問一些讓厚朴不舒服的問題。

報紙裡，記者問：「你為什麼把這個樂隊取名為世界？」厚朴回答：「因為世界比任何想像都要寬廣和複雜，世界是沒有限制和規矩的。」

報紙出來，作為登上報紙的人厚朴的受歡迎程度似乎又有所上漲。而王子怡也像打了場大勝仗一樣，炫耀般和厚朴在各種公開場合纏纏綿綿。

這當中我零零散散地聽說，其實厚朴和王子怡並沒有那麼順利。王子怡的父親似乎把王子怡的一切過激行為視為厚朴的「帶壞」，並到學校投訴。而這所保守的師範大學，一來不願意提倡這種「激烈的戀愛行為」，二來或許不願意得罪「領導」，對厚朴提出了一些處罰，比如停止助學金補助、不讓厚朴入黨等等。

與此同時，王子怡對厚朴也開始百般挑剔起來。我常聽到王子怡用這樣的一個句式對厚朴說話：「你本來不應該是——」比如，你本來不應該是完全不在乎學校領導的嗎，在這難受什麼？你本來不應該是很大氣瀟灑的嗎，少了助學金會死啊？

當時的我也完全顧不上這些了。按照我的規劃，大四開始我就要去實習了，大四雖然有整整一年，但據我所知，一般而言，在一個地方必須實習至少三四個月，才會有單位下決心留你，而一年就只有三次「四個月」，也就是說我只有三次機會。何況，為了支撐這一年的實習，我必須攢夠經費。

為了讓大四能有寬裕的時間，我甚至提前到大三下學期就開始撰寫畢業論文。剩下的時間，偶爾和靜宜止乎禮地吃吃飯，散散步。

大三下學期，德國某鋼琴大師來這個小城市開演奏會，這一下子成了城中名流的盛事。我被靜宜正式邀請了，她還問我什麼時候有空逛街。我問她，逛街幹什麼？她紅著臉說：「想拉你去買衣服。我們家族主要的長輩都會出席的。」

我當然知道這意味著什麼。

和靜宜的關係到底要如何發展，我確實在很理性地考慮。讓我經常愧疚的是，我不是把她單獨作為一個原因來考慮，而是把她納入我整個人生的計畫來考量，思考到底我是不是要選擇這樣的人生。

最終我很順從地和她去逛街了，讓她幫我挑了她覺得適合的衣服。但買衣服的錢我堅持自己付。當時我認真地想，這是我必須堅守的底線。

我至今依然記得，看演出的那個晚上，靜宜真的很美，或者說很美好。穿著白色的小禮服，黑色素雅的高跟鞋，頭上俏皮地別著一朵小花，落落大方地在劇院門口迎接我。她得體地和我保持著又近又不過分親暱的距離，把我一一介紹給她家族裡的長輩：省建設廳副廳長、省藝術學校校長、北京某部委領導……這些長輩也確實非常好，對我輕聲細語地關懷，恰如其分地鼓勵。這顯然是個已經養出氣質的家族。

演出結束後，靜宜陪我走出劇院，她抿著嘴微微笑著說：「家裡人都很喜歡你。我叔叔說，你大四就到省建設廳實習吧，其他他們會安排。」說完自己臉紅了。

我還是料想不到自己也會這麼不自在，倉促地回覆：「這個還不著急，再考慮吧。」匆匆地告別。

從劇院回學校，需要到十字路口的車站去搭公車。我一路心事重重、晃悠悠地走，突然看到前面一個人，穿著正式的禮服、皮鞋，邊走邊像個小男孩般粗魯地抹著眼淚。是厚朴。

我快步走上前：「厚朴怎麼了？」

厚朴轉身看到我，竟然小孩子一般「哇」一聲哭了。原來厚朴也被拉來看演出見長輩，此前，王子怡還特意交代，父親對他印象不好教他如何表現，但是當厚朴一身筆挺出現在劇院門口的時候，王子怡卻突然傻傻地看了他很久，又看了看周圍一樣筆挺的人，大聲地問：「為什麼你穿這種衣服，顯得這麼可笑？我為什麼會喜歡你這種人？還為你這麼搞笑的人和父親鬧得這麼不愉快？」王子怡讓厚朴離開劇院。厚朴知道，這是分手。

那個晚上，我沒安慰厚朴。在我看來，這是必然，王子怡已經完全知道，在厚朴身上她完成不了反叛，厚朴不是那個真正自由的人，而王子怡真正想得到的戀人其實是叛逆。

靜宜的安排，在假期的時候，我當作家庭的大事和父母說了。他們當然樂於贊成，特別在看過靜宜的照片後。

我卻還在猶豫。

再過幾天就要大四了，我把自己關在家裡，翻來覆去地想，自己該怎麼做。我知道，這一選擇就真是一輩子了：我到底會讓自己過什麼樣的人生。

開學前兩天，我去銀行把所有錢匯總到一張卡，看了下總額：刨去要交的大四學費，還剩下一萬二。

一萬二夠我賭一把的。我知道自己心裡在想什麼。

開學前一天，我突然打包行李，提前到校了。為的是要約靜宜。事實上我還沒有決定，我想猶豫到和她見面時，再下這個決心。

靜宜是個聰明的女孩，顯然也明白我約她的原因。她乖巧地做了很多安排：騎著自行車來找我，對我說，不如你騎車帶我到海濱公園走走。到了海濱公園的那座風景很好的橋上，她拿出我寫的幾首詩，開始念。

天氣很好，景色很好，風很好。她確保一切都很好，才轉過頭問我，你要對我說什麼？

我看著她，內心卻湧起一種負罪感和噁心，我知道，那是我對自己的厭惡。我厭惡那個精明計算的我，我厭惡那個做了精明計算又不願執行的我。我知道那刻我要開口說的，是傷害這個無辜女孩的話。

但我最終說了。

她真的是個聰明的女孩。她堅持要微笑，然後自己騎著車默默走了。從那之後再沒聯繫。而我在開學兩週打點完學校的事情後，便買了火車票準備去北京。

後來才意識到，在那很長一段時間裡，我那倦乏的、對一切提不起興趣、似乎感冒一樣的狀態，是愛情小說裡寫的所謂心碎。我原本以為，這種矯情的情節不會發生在我身上。

臨出發的前一天，我收拾了出租房裡的東西，拿到那間原本屬於我和厚朴的宿舍寄存。我想和厚朴道別，也想看看，此前的境遇在厚朴身上會催生出什麼樣的東西。

見到我，厚朴還是笑開他那兩顆小虎牙。我的床被他擅自拆了，一整套樂器就擺放在那。他看我進門，興奮地先是要表演打鼓給我看，然後又想彈吉他唱首自己新寫的歌。

然而，彈了沒幾下，他放棄了。坐在爵士鼓的椅子上，頑固地打著精神，但消沉的感覺悄悄蔓延開。

他告訴我，原來的樂隊散了，誰被父母拉去實習了；誰準備考研了；誰認真地開始籌備畢業論文，希望衝擊優秀畢業生，爭取選調到政府部門……他們的「世界樂隊」，現在看來，更像是以青春的名義集體撒的一個嬌。在看到現實的未來後，各自投奔到新的軌跡裡去了，還賦予這樣的行動另外一個名字：追求。

只有厚朴，像是派對後留下來收拾的那個人。

「你有什麼打算嗎？」我問。

他確確實實愣了一下，又急忙裝作不假思索的樣子，大聲喊：「招新的樂隊成員，繼續玩啊，你別忘了，我是厚朴啊！」

只是這樣的宣誓，沒有從心裡透出來的力氣，讓人聽了，反而感覺到無法言說的虛弱。

我在內心掙扎了很久，終於還是沒有說出類似「務實點，想想未來要走的路」這一類的話。所以我最終無話可說，倉促地結束了那一次告別。

為什麼一定要來北京？其實我自己也不知道，只是覺得，這是我能想到的最徹底的地方吧。

到北京後，我確實感覺自己的判斷似乎是對的。北京的確是個徹底的地方。挑戰是直接的，夢想是直接的，在這個地方，要做的事情動輒都是「國家級別」，這裡的人，談論的經常是如何改變世界，而這些事情不是談論完就隨風散了，確實有的事就這樣實實在在地在發生。

這樣的地方很容易和荷爾蒙相互催化，給人帶來「世界確實無限展開」的那種眩暈感。這樣的地方，確實需要大量想戰天鬥地的人。

從一家雜誌社的試用機會開始，我得到了進入這個城市的機會，或者也可以說，得到被這個城市一口吞沒的機會。

在一段時間裡，我覺得這個城市裡的很多人都長得像螞蟻：巨大的腦袋裝著一個個龐大的夢想，用和這個夢想不匹配的瘦小身軀扛著，到處奔走在一個個嘗試裡。而我也在不自覺中成為了其中一員。

在北京的時候，我偶爾會想起厚朴，猶豫著要不要鼓勵他來到這樣的北京。北京這個夢想之地，從表面上看，似乎是厚朴天然的生存之所，然而，我也知道，在北京發生的任何理想和夢想，需要的是扎扎實實，甚至奮不顧身的實踐。我隱隱擔心，厚朴這幾年一直活在對夢想的虛幻想像中，而不是切實的現實裡。我沒把握，當他看到夢想背後那蕪雜、繁瑣的要求時，是否會有耐心，是否具有能力，是否能有足夠的接受度——夢想原來是卑微的執著。

十二月的時候，厚朴和我打過電話，告訴我他又招到新團員了：「世界樂隊打算重新向世界歌唱。」電話那頭他興奮地宣佈。然後就好奇地詢問我在北京的每個細節：「我一直在想像活在那樣的地方是什麼感覺。」

「沒什麼特別的感覺，就是更辛苦地攀爬，但可以看到每一步，都確實指向一個個看似龐大但又具體的目標。」我這樣回答他。

「有沒有把世界掌握在手中的感覺？」

他這樣一問，我不知道如何回答了。這樣提問的人，顯然沒有試過在現實生活中去真正奔赴夢想。

我沒能說出口的是，厚朴，或許能真實地抵達這個世界的，能確切地抵達夢想的，不是不顧一切投入想像的狂熱，而是務實、謙卑的，甚至你自己都看不起的可憐的隱忍。

但我終於還是發出了邀請，我擔心內心膨脹開的厚朴會越來越察覺到自己處境的尷尬，擔心他最終會卡在那兒。

「不如你也來北京？我租了個房子，你可以先住我這。」

「好啊。」他想都沒想。

我真的以為他即將到來了，於是又啟動了提前規劃的強迫性習慣。每天結束奔走後回到家，有意無意地，就開始慢慢地整理自己租住的大開間，試圖騰出兩個人各自的區域。到家具店買了一塊床墊，到二手市場買了個書架，中間放滿書，隔在我的床和準備給他的床墊中間。我還把吃飯的小餐桌往自己的空間裡挪，準備了把椅子，想著他可以偶爾坐在這裡彈彈吉他。

但厚朴遲遲沒有來。我打過去的電話，他也不接。

我只好向其他同學打聽。他們告訴我，厚朴的生活過得一團亂：厚朴又和人打架了，厚朴又談了好幾個女朋友，厚朴又和老師嗆起來了，他似乎還不甘願於此前自己的滑落，試圖以這種激烈的方式贏得存在感，而厚朴，果然又成為學校的偶像了……然後，厚朴在畢業前半年，被學校勒令休學。

最後這個消息是王子怡和我說的。她發了一條短信給我，主要的本意是打聽在北京的生活——她也想到北京來，可能是要讀語言學校準備出國，也可能是不顧一切想來北漂，「一切讓我父母自己看著辦」。

短信的最後，她似乎不經意地說：「厚朴被學校勒令退學了。你能想像到嗎？他竟然偷偷來找我，讓我父親幫忙和學校溝通。很多人都以為他是活出自我的人，但其實他只是裝出了個樣子欺騙自己和別人，我真的厭惡這種假惺惺的人。」

「他不是假裝，他只不過不知道怎麼處理自己身上的各種渴求，只是找不到和他熱愛的這個世界相處的辦法。每個人身上都有太多相互衝突卻又渾然一體的想法，他只是幼稚，還沒搞清楚自己到底是誰。」打好的這條短信我最終沒發出去，因為覺得，沒有必要向她解釋什麼。因為，她也是個不知道自己是誰的人。

在北京雜誌社的實習還算順利。為了爭取能留下正式工作的機會，也為了節省路費，我主動請纓，春節留守社裡，不回老家。

獨自一人在老家過年的母親顯然不理解這樣的決定，電話裡橫七豎八地嘮叨著。等糊裡糊塗地掛完電話，就已經要跨年了。

我準備關機，煮碗泡麵加兩個蛋，就當自己過了這個年。

電話卻突然響了。

是厚朴。

「抱歉啊，那段時間沒接你電話。」這是厚朴接通電話後的第一句話。

「你後來怎麼沒來北京？」

「我沒錢，不像你那樣會規劃著賺錢，你知道我野慣了。」

接下來的時間裡，他和我繪聲繪色地描述，自己被勸退離校時，整個學校圍觀著送別的場景。「我把行李拖著，拖到校門外，然後你知道怎麼了嗎？我坐在校門口開了個小型個人演唱會。整個學校掌聲雷動，可惜你不在現場。」

說完這個故事厚朴像是突然累了一樣，一下子泄了一口氣：「和你說個事，你別告訴別人。」

「怎麼了？」

「我覺得我生病了，腦子裡一直有種聲音，哐當哐當的，好像有什麼在裡面到處撞擊。」

「從什麼時候開始的？是不是打鼓打多了？」

「不是的，是從離開學校開始。離開學校後，我試著到酒吧找工作，但是，你知道我唱歌不行的。現在我已經完全不打鼓了，就來來回回住在幾個朋友家裡，蹭口飯吃。」

我一下子確定了，厚朴在那段時間過的是如何的生活：因為外部的挫折，他越來越投入對夢想的想像，也因此，越來越失去和實際的現實相處的能力。

「你不能這樣的，要不我讓誰幫忙去和學校說說話，看能不能回學校把書讀完，這段時間你也學我攢點錢，來北京。」我以為，我在試圖讓他的生活回到正軌。

厚朴突然怒了：「你是不是還想，讓我像大一那樣去工地掄石頭啊？我不可能那樣去做了，我不會讓任何人有機會把我當失敗者，因為我活得比他們都開闊。我們是不是好朋友，不要假裝聽不懂我的話，你能不能出錢讓我來北京看病，你願不願意幫我？」

我試圖解釋：「厚朴，正因為我把你當朋友我才這樣對你說，這一趟來北京的錢不是問題，問題是……」

話沒說完，他電話就掛了。

我再打過去，就直接關機了。

我說不上憤怒，更多的是，我清楚，目前的自己沒有能力讓厚朴明白過來他的處境。

我一直在想像厚朴的生活，他已經用那些激烈的方式，把自己抬到那樣的心理預期，不可能再低下身，扎到庸常的生活裡去了。他不知道，最離奇的理想所需要的建築素材就是一個個庸常而枯燥的努力。

他顯然也隱隱約約感覺到，失敗者這個身份似乎即將被安置到他頭上來。他知道自己再也沒有能力，組織起他能想像到的瑰麗生活去與現實抗衡，所以唯一的辦法，就是緊張、敏感地去抗拒一切質疑和暗示。

或許厚朴在那之前不接我電話的原因還在於，他敏感地覺得，現在的我，是映照他失敗的最好對比。

同學們都不知道厚朴的確切消息，只是斷斷續續告訴我，他偶爾突然偷溜回學校，抨擊一下學校和大部分人的庸碌，調戲下小學妹，拉大家喝幾瓶啤酒，就又再消失。有人在某個酒吧看到過他，也有人看到過他在馬路邊彈吉他，想獲得些資助。

我從輔導員那裡要到厚朴父親的電話，希望他能向厚朴分析清楚這世界的真實邏輯。然而那位厚朴一直念叨的鄉村英語老師，講話帶著一種莫名其妙的腔調，像老外在說中文一樣。他告訴我：「沒事，就讓他闖闖，失敗了，也當作是讓他發洩發洩，他得把內心的欲望抒發完成啊，要不這一生就浪費了。」

我一下子明白，為什麼厚朴有著那麼著急、倉促，同時強烈而又真摯地擁抱世界的想像——這樣的父親幫不了厚朴。

實在沒有辦法，我最終試圖找王子怡幫忙。她淡淡地說：「哦，厚朴，好幾個晚上拖著把吉他在我家社區裡半夜唱歌，發酒瘋說他如何愛我，被我父親叫員警把他帶走了。他真是個——」

我知道她想說什麼，我不想聽到那個詞語，在她還沒說出口前，趕緊掛了電話。

對厚朴的擔心，很快被每天日常瑣碎的各種滋味淹沒。

在正式畢業前，我如願地被雜誌社錄用。為了參加畢業典禮，我回了一趟大學。希望這次回去，能見到厚朴。

打開以前宿舍的門，裡面確實出乎意料地乾淨。聽同學說，厚朴在臨走前，擦拭乾淨了每一個角落。他們不解厚朴的這個行為，其實我也不理解。

讓人意外的是，除了帶走一把吉他，厚朴把整套樂器都留下來了。他跟同學們說，這是留給以後來這所學校，同樣懷有夢想的人。

我大概能感覺到，要離開學校時，厚朴內心裡那複雜的滋味。

以前讀大學的時候，總覺得這城市格外的小，就是一條主幹道，衍生出幾條功能迥異的路。然而，當它藏住一個人的時候，就變得格外的大。

整座城市就只有酒吧街上那幾個酒吧，也只有九一路上那兩三家樂器行。厚朴藏身的地方確實不多，但直到回北京前，我依然沒能找到他。

然而生活必須繼續，就像是個話劇演員，我必須在中場休息時間結束後，繼續扮演起在現實生活中苦苦爭取來的角色。

我就這樣告別了那座城市，告別了學校，也告別了厚朴。

北京果然像隻巨獸，從飛機一落地開始，就有各種觸鬚攀爬而來，把你捲入一個個事件、一個個挑戰、一個個故事和一場場悲喜中。這眾多事件，這眾多悲喜，厚厚地、一層層地包裹著你，讓你經常恍惚，覺得似乎除了北京之外，再沒有其他的生活了。

作為師範大學的學生，我和厚朴的大部分同學都留在家鄉當起了老師，偶爾有些來北京進修或者補習的。我作為唯一一個扎根北京的人，自然成了他們的駐京接待處。

我沒再刻意去打聽厚朴的消息，但來的人總會有意無意地說起——事實上我和許多同學說不上熟悉，只是偶爾說說一些陳年舊事和另外一個共同認識的人的故事，勉強證明，我們為什麼還要在彼此身上花時間的原因。

據說厚朴流浪到最後，沒有朋友收留了，借公共電話亭打了個電話，就被他父親來城市接了回去。

為了他的事情，厚朴的母親和父親吵了很凶的一架，最終母親的主意佔了上風。在母親的努力下，一些關係得到疏通，厚朴被安排到三明一個很小的村莊裡去教書。教的課據說很雜，有語文、政治和音樂等。

不知道為什麼，聽到這個消息之後，我經常會在忙到大腦快抽筋的時刻，突然想像，在一個小村莊裡帶著一群小孩唱歌的厚朴。在我的想像裡，他還是那樣激情四溢，還笑開著兩顆小虎牙，而村子的陽光，能把他的臉再次照出那種動人的透亮感來。我總會邊想像，邊自己開心地笑。

彷彿過上這樣生活的，是我自己。

糊裡糊塗地，我在北京已經待了兩年了。一個很平常的晚上，大學時期的班長給我打來電話：「你這週末能回來嗎？一起去趟三明。」

「為什麼去三明？」我沒反應過來。

「厚朴死了，班級組織同學們去探望他家。想說你們是最好的朋友，要不要也去送送他？」

我當即腦子一片空白，猶如被人重擊了一般。

班長還在講述這幾年厚朴經歷的種種，那是和我的想像完全不一樣的故事：到村裡教書的厚朴，一開始有些寡言，但也稱不上什麼問題，但慢慢地，他不斷和家裡人說，腦子裡有個聲音，哐當哐當的，像是有隻怪獸，就住在他腦子裡到處衝撞。一開始，還只是在晚上隱隱作痛，漸漸地，會突然毫無徵兆地發作，他一開始只是喊頭疼，後來竟發展到拿自己的頭去撞牆，撞得頭破血流。

課最終是上不了了，他的父親帶著他到處去檢查，並沒能查出什麼問題。

自殺的前一週，他對父親提了最後的要求：「我能去北京看病嗎？」他父親拒絕了。

這幾年，已經耗盡了這個家庭的最後一點積蓄，也耗盡了這個父親最後的耐心。

班長還在感慨：「我們要多珍惜彼此了，生活是個漫長的戰役，他是我們當中陣亡的第一個人……」

我已經聽不清他在說什麼了。

厚朴的父親不知道，同學們不知道，王子怡也不知道，但我知道，住在厚朴腦子裡的怪獸，是他用想像餵大的那個過度膨脹的理想幻象。我還知道，北京不只是他想要求醫的地方，還是他為自己開出的最後藥方。

一種難以形容的悲傷，迅速在胸口膨脹。張了張口，試圖想發出點什麼，卻始終沒有一點聲音。我這才意識到，這幾來年，對自己的管控太成功了，以至於在這個極度難過的時候，還顧慮著大聲宣洩會惹來鄰居的非議。

大學四年，畢業工作兩年，我一直控制著自己，沒學會抽菸，沒學會喝酒，沒讓自己學會發洩情緒的一切極端方式。要確保對自己一切的控制，要確保對某種想像的未來達成，要確保自己能準確地活在通往目標的那個程序裡。

然而我要抵達的到底是什麼？這樣的抵達到底有什麼意義？

我自己也完全不清楚。

不想哭，內心憋悶得難受，只能在租住的不到十平方米的房間裡，不斷來來回回地到處走，然後不斷深深地、長長地嘆氣。彷彿我的胸口淤積著一個發酵出濃郁沼氣的沼澤，淤積著一個被人拚命咀嚼，但終究沒能被消化，黏糊成一團的整個世界。

也就是在那時候，我突然察覺，或許我也是個來北京看病的人。

或許，我和厚朴生的是同一種病。

我們始終要回答的問題

或許，生活就是張這樣的問卷，你沒有回答，它會一直追問下去，而且你不回答這個問題，就永遠看不到下一個問題。

離開北京的前一晚，有點冷，晚上九點過後，到處就是安靜的路了。把老媽安頓在五道口的旅店，打車穿過了大半個北京去南城李大人家，車一路過是呼呼的風聲。

這樣敘述，感覺有點蕭索，不過，確實是我當時的感受。我也說不清，為什麼有那樣的感覺，也說不清為什麼很想在離開前去看看李大人和他的孩子七七。

很奇妙的因緣，李大人的父親是在三十多歲才有了這個後來讓他驕傲的兒子，而李大人也是在差不多年紀的時候才有了七七。給我說這些的時候，李大人抱著七七，可愛的小身軀靠在李大人的肩上，李大人則不斷親吻這個小生靈，那種父愛和溫情讓我內心裡溫溫地感動。

去年我父親去世的時候，李大人告訴我，他相信父親的血就流淌在自己身上。我也相信。

奇妙的因緣。人與人關係的建立，顯得那麼充滿偶然又似乎必然——我們的朋友參與我們的生活，改變了、甚至塑造了我們的生活。沒有認識李大人，我的人生邏輯肯定很不一樣。

李大人是個直接而且狂熱的人，他對新聞以及對人有一種很苛刻的堅持。他常常很直接地突破你說話的邏輯，不讓你有試圖掩飾的機會，指明你所逃避或者不敢面對、不明白的。

每次和他聊天，我時常都有種受傷感——有試圖掩飾的挫敗，也有的是，其實自己也不理解自己的狀態，然後就被李大人這般一針見血地指出並且批評了——我知道李大人內心的善良和本意，然而我總是難以遏制挫敗感。

那個晚上也是。在這裡重新敘述已經過去一個多月的那個夜晚，是因為，覺得這是個對我一輩子影響深遠的夜晚。

那一晚的李大人依舊先問我：「怎麼樣？最近過得怎麼樣？講一講吧。」然後我開始講，講父親去世過後我在老家的這半年，講我為什麼堅持要從北京辭職回去陪老媽，講我在老家那個小鎮，騎著摩托車沒有目的，也沒有刻意地四處亂逛，講我的無所事事，講我提不起工作的興趣，以及講我對這種狀態的恐懼。

李大人習慣在說話前笑一笑，然後開始說——那都是藉口，你父親的死其實不是造成你現在狀態的根本原因，你只是用這個事情來掩飾或者逃避自己不想回答的問題。

我當時很真誠地相信，從八年前父親的中風起，我就開始了圍繞於父親的病、這個家庭負擔的人生和工作規劃，我覺得，我前段時間的狀態很容易理解——失去了此前八年來工作和生活的中心，我的迷惘理所當然。在這個邏輯下，我會著急能否成名，著急能否趕快寫本暢銷書都有理由——因為我要扛這個偏癱的家庭。

當李大人這麼說時，我很不能接受，我非常生氣，不過他接下去的一句話讓我懂了他的意思：「你根本還不知道怎麼生活，也始終沒勇氣回答這個問題。」

他沒有說下去，我或許明白了，他想說的是，在不知道怎麼生活的情況下，我會採用的是一種現成的、狹隘的、充滿功利而且市儈的邏輯——怎麼能儘快掙錢以及怎麼能盡量成名，用好聽的詞彙就是所謂「夢想」和「責任」。此刻我再重新敘述的時候，已經理解李大人的用心。我很珍惜他的話。

我，或許許多人，都在不知道如何生活的情況下，往往採用最容易掩飾或者最常用的藉口——理想或者責任。

回福建的這幾天，我自己在想，八年前的我，年紀剛好到了要思考、確定自己如何生活，確立一生的生存目標的時候，卻因為家庭意外的病痛，就藉此逃避回答了。

我瘋狂工作，不讓自己有空餘時間，除了真實的生存壓力，還在於，我根本不敢讓自己有空餘的時間，因為時間一空下來，我就要回答怎麼去填充時間，怎麼去面對生活、去回答這個問題——我要怎麼生活，我真正喜歡的是什麼，我真正享受什麼？

我根本不敢去判斷自己的人生，也把握不住自己的人生。我逃避了，我躲在所謂對家庭的責任後，躲在所謂對新聞的追求和夢想中。於是，任何一點生活的壓力或者工作的變動都讓我脆弱，把生活的節奏寄託在工作上，所以任何一點波動都會讓我不安讓我恐慌。

那天晚上，李大人對我說的最後一句話是，好好想想怎麼生活，怎麼去享受生活。我知道他的意思，他或許想說，生活從來不是那麼簡單的夢想以及磨難，不是簡單的所謂理想還有陰謀，生活不是那麼簡單的概念，真實的生活要過成什麼樣是要我們自己完成和回答的。

或許，生活就是張這樣的問卷，你沒有回答，它會一直追問下去，而且你不回答這個問題，就永遠看不到下一個問題。

離開李大人家裡的時候，已經快十一點了，我心裡感覺到自那段時間以來前所未有的輕鬆和舒服。在此前，我不願意和許多關心我的朋友聯繫，不願意開口說話，或許也在於我不知道如何回答自己、如何和自己相處，更不知道要如何和朋友相處了。

那天晚上我著急著要和掛掉他許多次電話的好友成剛聯繫——他在我老家當電臺副臺長，是個和我探討人生和新聞理想會激動到手發抖的工作狂，或者說理想狂。在我父親剛去世的時候，他常常打電話給我鼓氣。

人生的安排有時候確實就像拙劣的肥皂劇，第二天一早接到好朋友弈法的電話，說成剛走了。三十多歲的他死於心臟病突發——對一個理想狂來說，最合適的離開理由。

原諒我，成剛，我的兄長我的老師我的摯友，在趕赴你的告別儀式時我一路上都在責怪你，你其實也沒有回答這個問題，而為此，你付出的代價是，留下孤單的妻女還有為了你無限遺憾的這群朋友。我真想好好和你聊聊，關於我們要怎麼享受生活，而不是如何讓虛妄的夢想膨脹自己。我真的太想和你談談，什麼才是我們最應該珍惜和最珍貴的。

原諒我，父親，從你生病開始我就一直忙於在外面兼職賺錢，以為這樣就能讓你幸福，但當我看到我給你的唯一一張照片，被你摸到都已經發白的時候，才知道自己恰恰剝奪了我所能給你的、最好的東西。

以這篇散亂的文字給我父親，給我的摯友王成剛。

回家

我知道那種舒服，我認識這裡的每塊石頭，這裡的每塊石頭也認識我；我知道這裡的每個角落，怎麼被歲月堆積成現在這樣的光景，這裡的每個角落也知道我，如何被時間滋長出這樣的模樣。

回老家養病，躺在病床上，才有精力和能力一一回想自己這幾年的故事，才覺得這些日子自己唯一可以驕傲的事，是為父親選了一塊極好的墓地。

雖然母親至今覺得價錢不便宜，算起來是「高檔住宅區」，然而我很享受這種虛榮，因為父親生前，我一直沒能讓他過上好一點的生活。

自從父親去世後，骨灰盒一直置放在中學母校旁邊的安息堂。那是母親的主意。一個考慮是母親做義工的廟宇就在那附近，母親每天要去寺廟幫忙時，會先繞到那靈堂的大門附近，和父親打聲招呼。另一個考慮是：「你爸爸喜歡做運動，他太胖了，學校的體育場剛好可以讓他跑步」。

在我生活的這個小鎮，所有人都篤信舉頭三尺有神明，也相信有魂靈，人與鬼神親近地生活著。我們還相信，魂靈有著和現世一樣的屬性，會餓到，也會吃太飽，會太胖，然後也會心情不好也會悶出病……

去世的父親就以這樣的方式，繼續生活在我的老家。父親忌日的時候，母親會拿著點燃的沉香，對著案桌上的牌位問：「今天的滷鴨好吃吧？」有時候家裡人會突然聞到他的氣息，母親就會拿著經書念幾句，說：「你啊要多看點經書才能去西方極樂世界。」

這樣的光景過了三年，直到去年，二伯突然離世，做生意的大堂哥念叨著一定要入土為安，開著車仔細對比了幾個高級的墓地，終於看上梅陵古園，一個臺灣商人投資的墓園。

價錢是不菲，然而堂哥卻一直也希望我父親的骨灰同樣能遷到那去，大堂哥的理由是：「他們兄弟生前感情就那麼好，死後做伴才不寂寞」。

堂哥還暢想自己的父親和我的父親，兩個人湊在一起，會不會像以前邊喝酒邊吹牛，會不會還相約跑去很遠的地方看戲……三伯、四伯很贊成，我們十幾個堂兄弟也覺得這安排很好，母親聽到這打算卻支支吾吾不肯回應，藉口家裡有事，匆匆離開所有人的詢問。後來又出動大嫂來家裡反覆追問，她還是猶猶豫豫：「太遠啦」、「太貴啦」、「我自己會暈車，要去祭掃多不方便」……種種理由。

所有人和母親爭執不下，最後找到了我。母親還是讓我決定，自從父親在我讀高二中風後，她就認為我是一家之主了，凡事讓我拍板。

特意從廣州趕回老家的我，最終是被那裡的清淨和安寧打動，當然，我也不得不承認，我有種很強烈的補償心理——父親突然離世的很長一段時間裡，我不是哭泣，而是滿肚子的怒氣，我憎恨自己再無法為父親做點什麼。虧欠得太多卻沒機會補償，這是於我最無法接受的事情。而如今機會來了。我很高興地贊成了，母親也不好再說什麼。

臨到父親要搬家那天，母親卻整天在抹淚，誰問都不說原因，怎麼樣就是沒辦法讓她開心起來。氣惱的我把她拉到一個角落，帶著怒氣問，怎麼這個時候鬧。母親這才像個孩子一樣，邊抽泣邊說：「我是想到，以後再無法每天去和你父親打招呼了。」

骨灰盒很沉，因為是石頭做的。安葬的那天，一路上，旁邊的那幾個堂哥邊看著有點狼狽的我，邊對著骨灰盒和我父親開玩笑：「小叔子你故意吃那麼胖，讓你文弱的兒子怎麼抱得住。」

要安置進墳墓裡的時候更發愁了，我絕沒有那種力氣單獨抱著，讓骨灰盒穩當地放進那個洞裡。而且風水先生一直強調，生者是不能跳進那洞裡去的，甚至身體任何部位的影子也都不能被映照到那洞裡。

最終的商量結果是，我整個人趴在地上，雙手伸進那洞裡，堂哥們幫我把骨灰放到我手上，我再輕輕地把它安放進去。

趴在這片即將安放父親的土地，親切得像親人。輕輕把骨灰盒放入，眾人發出總算完成的歡呼，我不爭氣地偷偷掉了幾滴淚。那一刻我很確信，父親很高興我的選擇。不知道為什麼我就是很確信。因為這土地是那麼舒服、溫暖。

第二天早上醒來母親和我說做了一個夢，夢裡父親說，黑狗達給我買的新房子好舒服啊。母親說完，這才笑了。雖然接下去那幾天，還是為不能去和父親打招呼而失落了許久。

其實，關於父親的墳墓我還是有遺憾的。雖然墓地有將近十平方米，但還是無法修建成我最喜歡的祖輩那種傳統大墳墓。

那種大墳墓至少需要四五十平方米的地方：中間是隆起的葬著先人屍骨的塚，前面立著先人的名號和用以供放祭品的小石臺，圍繞著這個中心，是倒椎形的高臺。

每次總是家族的人一齊前來祭掃，先是點燭燒香，然後還要用彩色的紙黏滿這整個高臺。

清明節多風，空氣也濕潤。滿身大汗地黏貼完彩紙，我習慣坐在高臺的隨便一個地方，任濕潤的風輕撫。

我特別喜歡清明家族一起祭掃的時刻。每一年祭掃總是不同光景：老的人更老了，新的人不斷出來，看著一個又一個與你有血緣關係的老人，成了你下次來祭掃的那土堆，一個又一個與你同根的小生靈誕生、長大到圍著我滿山路跑。心裡踏實到對生與死毫無畏懼。

因此回來的這幾天身體雖然不舒服，我還是隨他們早上到陵園祭掃了父親和二伯，下午執意要和家族的人步行到山上去祭掃祖父祖母、曾祖父祖母、曾曾祖父祖母、曾曾曾祖父祖母……

滿山的彩紙，滿山的鞭炮聲，滿山的人。那炮火的味道夾著雨後的水氣，在山裡拉拉扯扯的——這就是我記憶中清明的味道。只不過，以前我是最小的那一個孩子，現在一群孩子圍著我喊叔叔，他們有的長成一米八五的身高，有的甚至和我討論國家大事。

在祖父祖母的墓地，這些與你血脈相連的宗親跟著不變的禮儀祭拜完，也各自散坐在這高臺上，像是一起坐在祖宗的環抱中，共同圍繞著這個埋葬著祖宗的塚。

那一刻我會覺得自己是切開的木頭年輪中的某一個環，擁擠得那麼心安。

我一直相信有魂靈，我也相信母親那個關於父親的夢。因為當我身體貼著墓地泥土的那一刻，真切感到那種親人一樣的溫暖，我也相信，父親確實會用「家」這個詞來形容他的新住所。因為在我的理解中，家不僅僅是一個房子、幾個建築物，家，就是這片和我血脈相連、親人一樣的土地。

事實上離家鄉很遠，對我來說是很不方便的事情，因為遇到事情，脆弱無助的時候，我第一反應就是回家。

我得承認，並不僅僅是母親用閩南語說的那句「春節不回沒家，清明不回沒祖」讓我這一次倉促訂機票回家。而是，我又需要回家了：我身體很不舒服，同時，心裡正為一些對我格外重要的事情，纏繞到手足無措。

為了工作，那灰頭土臉、背井離鄉的幾十次飛行，積分的結果，換來了一張回家的免費機票。而且是光鮮亮麗的公務艙——電話裡我對母親講，這多像我現在生活的隱喻。

這次回來的整架飛機，滿滿當當都是閩南人。坐在公務艙的位置，一個個進機的，都是老鄉，帶著各種款式的貢品，零星散落的話語，都是

「我這次一定要去探探叔父的墓地，小時候他常把我抱在腿上，給我吃芭樂」、「你奶奶啊，生前一口好的都捨不得吃，最疼我了，可惜你沒福，沒看到過她」……我相信很多閩南人、老華僑都如同我這樣生活。累死累活地奔波，就是為了體面地回家。

那個下午，母親又在祭拜的空隙逗我，開始講我戀家的故事：大學因為家裡窮，貪心打了太多份工，有次勞累過度發燒近四十度。打工的那個補習班負責人叫了幾個人，要把我送去醫院。我半昏迷中，哭著一直喊，我要回家我要回家。

為什麼一定要回家啊？那次燒退後，我一睜眼才發覺自己在家。母親說補習班的老師扭不過我，打車送我回來的。母親一直逗我，這裡有什麼啊？為什麼一定要回家啊？我張了張口，臉紅得說不出話。

家裡有什麼呢？

有幾次遇到挫折，萬水千山趕回老家，待了幾天，就開始好奇自己的衝動。冷靜的時候，我確實會看到，這個小鎮平凡無奇，建築亂七八糟沒有規劃，許多房子下面是石頭，上面加蓋著鋼筋水泥。那片紅色磚頭的華僑房裡，突然夾著乾打壘堆成的土房子；而那邊房子的屋頂，有外來的打工仔在上面養鴨。

那幾條我特別喜歡的石板路，其實一遇到雨天就特別容易滑倒，好不容易走著覺得有了浪漫的意境，卻突然接上一條水泥地。它到處是廟宇，每座廟宇都蔓延著那醇厚的沉香，然而周圍加工廠的廢棄味，卻也總在你沉醉的時候，突然襲擊。

同樣地，回來這幾天，我也反覆追問自己這個問題，這片土地為什麼讓我這麼依賴？

祭掃完墓地，空出來的光景是自己的。那個下午，我撐著傘走過因為放假而安靜的小學母校；走過嘈雜熱鬧的菜市場；在滷水小攤上看那個阿姨熟練地切滷料；看到那個駝背的阿叔又挑著生銹的鐵盒叫賣土筍凍，臨時來興致叫了兩塊就在路邊吃……甚至還瞞著母親，偷偷牽出摩托車，冒著雨到海邊逛了一圈。雖然因此回來，頭更暈了。

我知道那種舒服，我認識這裡的每塊石頭，這裡的每塊石頭也認識我；我知道這裡的每個角落，怎麼被歲月堆積成現在這樣的光景，這裡的每個角落也知道我，如何被時間滋長出這樣的模樣。

回到家，爬到建在高處的我家四樓，放眼過去，這細雨之下，是青翠的石板路，被雨水潤濕而越發鮮豔的紅磚頭房，亂搭亂建、歪歪斜斜的改造房子，冒著青煙的廠區，以及滿頭插花的老人正挽著籃子買菜回來，剛從海裡打漁回來的車隊，冒著雨大聲地唱起閩南語歌……我知道，其實我的內心、我的靈魂也是這些構成的。或許不應該說這片土地實際物化了我的內心，而應該反過來說，是這裡的土地，用這樣的生活捏出了這樣的我。

幾天的放縱，換來的是不得不乖乖躺在家裡養病。沒完沒了的雨水，孩子氣地趕起懶洋洋的土地味，悄悄蔓延上我的床，濕潤而溫暖，像某個親人的肌膚，舒服得讓人發睏。我突然想，或許父親的魂靈埋入這黃土，就應該也是這般舒服的感覺。

從小我就喜歡聞泥土的味道，也因此其實從小我不怕死，一直覺得死是回家，是入土。我反而覺得生才是問題，人學會站立，是任性地想脫離這土地，因此不斷向上攀爬，不斷抓取任何理由——欲望、理想、追求。然而，我們終究需要腳踏著黃土。在我看來，生是更激烈的索取，或許太激烈的生活本身就是一種任性。

這個能聞到新鮮泥土味的午後，終究舒服到讓我做了沉沉的一個夢。夢裡，我又回到小時候的那次離家出走。我沿著那條石板路，赤著腳，一路往東走，沿途盡是認識的人和認識的石頭，他們和它們不斷問我，去哪？我說我要出去看看，我想要出去看看。我開始一路狂跑，認識我的人叮囑我的話聽不見了，那些石頭的勸說被我拋到腦後，慢慢發覺，身邊的景致越來越陌生——這不是我熟悉的空氣，不是我熟悉的石頭路，不是我熟悉的紅磚頭。我突然如同墜入一種深邃如黑洞的恐慌中，一種踩空的感覺，眼淚止不住汩汩地流，但同時，好奇心又不斷提醒自己，掙扎著想看幾眼陌生的風景。

是很美啊，那是片我至今不知道名字的海灘，海那邊漂浮著幾條大大的船，一群海鳥輕盈地掠過天際，我是可以躺在這裡一個下午，如果這是我的家的話，然而，我實在抑制不住內心的恐慌：為什麼這裡的風這麼大？為什麼這裡的沙子那麼乾澀？為什麼看不到我熟悉的那些石頭？我恐慌地到處尋找，才終於看到，那條濕潤的小巷子溫暖地在不遠的地方等我。

我高興地一路狂跑，似乎後面有什麼在追著我，邊跑邊哭，邊跑邊笑，終於跑到家裡，敲了敲木頭門，開門的是母親。母親並不知道我那下午的歷險，看著灰頭土臉、淚流滿面的我，並不追問，也沒責罵，把木頭門推得更開一點，說，幹麼？怎麼還不進來？

我用盡最後一絲力氣往家裡跑，廚房的油煙、木頭的潮濕、狗的臭味它們全部湧上來，環抱住我。那一刻，我知道，我回家了，乾脆就躺到滿是灰塵的地上去了……

醒來後，才發現自己竟然不爭氣地哭了。或許，這幾年我其實還是沒離開過家鄉，只不過，走得遠了一點，看的風景更多一點，也怕得更厲害一點。但還好，我終於還是回來了，我終於還是能回來，我終於還是可以找到永遠屬於我的那條小巷。

海是藏不住的

十幾年來，鎮區的發展，一直往反方向滋長，整個小鎮都在集體逃離那片帶給他們樂趣和磨難的海洋。
然而這片試圖被父母藏住的海，卻因父母的禁止而越發吸引我。

我六歲的時候，才第一次看到海。雖然，我是海邊的孩子，而且我的父親，就曾是一名海員。

那次看到海，是到外祖母家的路上。沿著鄉間的小路，跟在母親的身後走，總感覺，怎麼路邊的甘蔗林那，總傳來明晃晃的亮光。我趁著母親不備往那跑，這才看到海。

追來的母親氣急敗壞。她說，你父親不讓你知道海的，就怕你覺得好玩自己跑來了，擔心萬一有個三長兩短。其實父親擔心的不僅這個。回到家裡，父親鄭重地和我說：「我小時候就是老覺得海邊好玩、船上生活好玩，這才過上後來的生活。但海上太苦了，我希望你在鎮上的中學讀好書，不要再做和這相關的工作。」

東石，我生活的這個小鎮，或許有太多像我父親那樣的人。十幾年來，鎮區的發展，一直往反方向滋長，整個小鎮都在集體逃離那片帶給他們樂趣和磨難的海洋。然而這片試圖被父母藏住的海，卻因父母的禁止而越發吸引我。

再次去拜訪外祖母的路上，我突然放開步子往甘蔗林那衝，母親氣惱地追我，把我追急了，竟撲通往那一跳，海水迅速把我淹沒了，那鹹鹹的海水包裹著我，把我往懷裡摟。我看到，這海水之上那碎銀一樣的陽光，鋪滿我的瞳孔，醒來的時候，已經在醫院的病床上。

海是藏不住的。父母因為自己曾經的傷痛和自以為的對我的愛護，硬是要掩飾。我因而聽到海浪聲，以為是風聲；聞到海腥味，以為是遠處化工廠的味道。然而，那龐大的東西還一直在漲落著，而且永遠以光亮、聲響在召喚。我總會發現的，而且反而因為曾經的掩飾，更加在意，更加狂熱。

那次被水淹後，父親卻突然帶我去航行。那真是可怕的記憶，我在船上吐得想哭都沒力氣哭出聲，求著父親讓我趕緊靠岸。從那之後，我不會瘋狂地往海邊跑，然而也沒懼怕海，我知道自己和它最好的相處方式是什麼。那就是坐在海邊，享受著海風親暱的撫摸，享受著包裹住我的龐大的湛藍——那種你似乎一個人但又不孤獨的安寧。再長大一點，我還喜歡騎著摩托車，沿著海岸線一直兜風。

海藏不住，也圈不住。對待海最好的辦法，就是讓每個人自己去尋找到和它相處的方式。每片海，沉浮著不同的景致，也翻滾著各自的危險。生活也是，人的欲望也是。以前以為節制或者自我用邏輯框住，甚至掩耳盜鈴地掩藏住，是最好的方法，然而，無論如何，它終究永遠在那躁動起伏。

我期許自己要活得更真實也更誠實，要更接受甚至喜歡自己身上起伏的每部分，才能更喜歡這世界。我希望自己懂得處理、欣賞各種欲求，各種人性的醜陋與美妙，找到和它們相處的最好方式。我也希望自己能把這一路看到的風景，最終全部用審美的筆觸表達出來。

我一定要找到和每片海相處的距離，找到欣賞它們的最好方式。

願每個城市都不被閹割

中國近代的城市不是長出來的、不是培植出來的、不是催生出來的，而是一種安排……生長在這樣環境裡的人，除了維護秩序或者反抗秩序，似乎也難接受第二層次的思維了。

應該是在一九九八年的時候，阿爸一度打定主意要把老家小鎮上兩百多平方米的老石頭房子賣掉，到廈門買套六十多平方米的。當時促使他做這個決定的原因是，臺灣電視劇看多了，看到電視劇裡描述的那種都市生活，無論怎麼對比，總覺得那種生活比現在的樣式好。阿爸做這個決定是在雨水多的春季，潮濕且易煩亂，影響著一整家子對所處的生活異常不滿。

終於阿爸決定要帶著我去探路了。他說順便讓你見識一下大城市的生活。當時老家這個海邊的小鎮還看不到太多的車，從我老家到廈門每天就早上六點半一班，所以小鎮的人很多會暈車，包括我。我暈車是受不了那種刺鼻的汽油味。所以從一上車，往廈門的路上，難受就壓過興奮。好不容易到了廈門，下了車我一口吐了出來，我看到的是一排排車屁股對我冒著煙。阿爸以前是海員，見怪不怪，說會習慣的。

當時小孩子的鼻子敏感，覺得這座城市怎麼到處都是油味，我試圖激起自己的興趣，比如擠公車，比如看兩旁整齊的綠化帶，比如高樓——但顯然一切都是在預料中。我知道阿爸也似乎在激發我的興趣，一路指著，你看這棟樓有幾層你數數，我說不數了，電視上還有更高的；他說你看這道路都鋪磚，我說這個電視上也有；他說你看好多車，我說我也看過了；你看有紅綠燈，我說書本上讀太多了。最終我實在提不起興趣了，城市裡似乎太多已知，我老家的一個小水池都有好多未知。

我們去拜訪的是表哥家，雖然是表哥但年紀和我爸爸相仿，他有個兒子比我小六歲左右。看我無精打采，便讓這個小侄子帶我出去走。本來想能有什麼好玩的，其實就是四處走，叫我數樓有幾層，看地面上的瓷磚。然後還有學規矩，一路上都在叫喚，不准隨地扔東西、要排隊上公車、要走斑馬線。當時小孩子的我一直在心裡慶幸還好自己不是這裡的人，而且看著大片大片望不到盡頭的水泥地，我覺得好悲哀——沒有各種奇特的植物沒有長有小蝌蚪和五彩魚的水池沒有可以挖地道的地方。

現在我是在空氣更不好的北京寫這個東西，當然鼻子已經麻木，聞不出好空氣的味道了。不過我覺得曾經的鄉土讓自己變得相對渾厚些——因為渾濁所以厚實。事實上我很慶幸阿爸後來沒有讓我家搬到廈門，雖然它已經是中國最美的城市之一了。記得我和《新週刊》前創意總監令狐磊有次聊天，聊到他是來自湛江一個小鎮，我是來自泉州一個小鎮，他就接著往下列舉了，才發覺中國新聞圈、文學圈很多現在的青壯派都是小鎮出身。令狐說他們總結過了，這叫小鎮包圍城市。他說曾經有過調查，現在大城市各個領域的主力百分之八十以上來自小鎮，他問我怎麼理解，我說因為小鎮出來的渾厚。

我所說的渾厚有個最簡單的解釋，從一個小鎮的生活再到一個縣城一個地級市一個大城市，順著這根鏈條下來，每一個層次的生活都不一樣，你經過對比，對以往的更能理解而且吸收，對現在的也更能知道自己所處的位置。而比起一生下來就在城市的孩子們，我們有太多他們覺得奇特和不可思議的故事了。

我並不是說廈門不好，相反在我走過的中國這麼多城市裡，我最喜歡的是廈門和昆明了，只是我覺得城市不好。特別是中國的城市不好。廈門和中國大部分城市的建設都有個基礎——人家國外的城市是怎麼樣的，以及人們該怎麼被組織的，然後再依據這樣的標準建設。中國近代的城市不是長出來的、不是培植出來的、不是催生出來的，而是一種安排。因為初期必然要混亂，所以中國的城市也表現出強大的秩序意識，人要幹麼，路要怎麼樣。生長在這樣環境裡的人，除了維護秩序或者反抗秩序，似乎也難接受第二層次的思維了。

我一直覺得有生命力的地方在於混濁。一潭池子裡的水和放在觀景臺上的水，永遠是池子豐富也美麗。就一個池子，它裡面的各種生物以及各種生活在這世界的故事都可以讓一個孩子開心一個下午，而城市裡的孩子只能盯著被安排好的景色開心這麼一瞬間。

現在國外的建築師常用一個詞來諷刺中國，「千城一面」，無論哪個城市，都只能從國外的標準去解釋當時為什麼這麼建，而不能說出這個建築這條街道和人群的生活是如何自然地演變融合，骨肉相連的。中國的許多城市就這麼倉促地被一個標準給閹割了。

類似於我更喜歡北京而不喜歡上海，我也更喜歡泉州而相對不喜歡廈門。在我看來，北京不是城市，而是「世界上最大的農村」。我現在住的地方是王府井旁邊的小胡同，從大路走過來還是流光溢彩，突然一拐就是吊嗓子的老大爺，開做茶館的四合院，蹲著吃東西的大媽，在路邊擺棋的老人。我會覺得這樣的地方有驚喜，因為你不知道你拐的下一個彎會有什麼——因為層次太多，東西太雜。而在上海，第一眼非常喜歡，它已經是城市化的代表，但你在一個角落住一個星期，你就知道這個城市其他所有地方的樣子了——都是類似的。

泉州和廈門剛好也構成這樣的相對吧。我常這麼比喻，廈門是泉州的整容版。在泉州你會看到亂闖的行人和車、粗糙的老建築，甚至低陋的生活習俗。我是會喜歡環島路上的精緻風景，但絕不是被打動或者感動。感動我的，會是走在泉州石頭巷子突然聽到隨便哪戶人家裡飄出的悲戚的南音，會是十五佛生日的時候，整個城市家家戶戶在門口擺上供品燒上香，齊聲祈禱平安。

火車伊要開往叨位

我反覆告訴自己，既然人生真是個旅途，就要學會看風景的心情和能力。但我始終接受不了，活得這麼輕盈……其實我並不願意旅行，其實我更願意待在一個地方，守著我愛著的人，生根發芽。

我生平一定曾路過
你洗過澡的那條河
你的六歲
還浮游在水面
我抬起頭
看到一個碩大的
橘子
懸在上空
我知道
這就是童年時代的
所有黃昏

——〈關於所有旅行的故事〉

是在去往南平的火車上，剛上高中的我，寫下這樣一首短詩。那是我獎勵自己而開始的第一次獨自搭火車遠行。在閩南這個所謂的統戰前沿，火車線路零星得只有這通往山區的一條。

我在海邊上車，一路被帶向濃郁的山色。窗外的景致，如同溪流中的光影那般鮮潤地滑走，我看著一座座的房子在我眼光中迅速到來，卻倉促被扯走。我在破舊的院子裡，看到老人抱著孫女哭泣；我看到一個男人，坐在門墩上抽菸；我看到一個小女生，背著書包盯著一所房子的大門猶豫——然後一切全部被列車的行進拉扯開。

我就這樣短暫參與了他們的生活，剛開始鋪張關於他們命運的想像，卻又被迅速帶離。當暮色渲染了整個視野，轟轟的火車把我拉出城鎮，目光可見的，只有模糊的山色中零星的燈光，橘色的夕陽下，緞子一樣的河流，以及孩子影影綽綽的嬉鬧。

我莫名感傷——到底每點燈光背後，有多少故事？那老人為什麼抱著孫女哭泣，那男人是否因為生活困頓而困惑，那小女生面對的那扇門背後是怎麼樣的故事？

作為遊客，愜意的是，任何東西快速地滑過，因為一切都是輕巧、美好的，但這種快意是有罪惡的。快速的一切都可以成為風景，無論對當事者多麼驚心動魄。

想起這段旅行，是那天在大學母校的教室裡。應老師邀請，回來和學弟學妹交流。老師幫我定的題目是「這一路的風景」，還特意在我曾經上過課的教室召開。坐在曾經的位置上，還沒開口，記憶已經全部湧上來了。

任何事情只要時間一長，都顯得格外殘忍。

九年前，坐在這位置上的我，父親半身偏癱，是家境困頓到無路可去的時候。當時那個蔡崇達，想著的是如何掙錢送父親到美國治病，可以為了考慮是否為整天兼職而辛苦的自己加一塊紅燒肉而猶豫半天，還立志多掙點錢帶阿太去旅遊，當然還想著要趕緊牛起來，趕緊出名，讓給自己機會的當時廣電報的老總王成剛驕傲。甚至曾經想像，在哪一本書暢銷後，要回到父親做心臟手術的福二院，對那些病患的子女講，別放棄，生活還有希望。

九年後，那個當年的蔡崇達執著的理由全部消失，父親、阿太、成剛的突然離世，讓他覺得自己突然輕盈得無法觸碰到真實的土地。而他唯一找到的辦法，就是拚命工作。

這幾年來我就這樣生活在兩個世界的夾縫中。現實中不願意真正踏步進去，工作中作為記者，一個記錄者，我所要做的，像是一個好事的看客，迅速擠進眾多人圍觀的某個故事現場，嘗試被捲進去其中的喜怒，然後一次次狠心地抽離。

生活中，我一直嘗試著旅客的心態，我一次次看著列車窗外的人，以及他們的生活迎面而來，然後狂嘯而過，我一次次告訴自己要不為所動，因為你無法阻止這窗外故事的逝去，而且它們注定要逝去。我真以為，自己已經很勝任遊客這一角色，已經學會了淡然，已經可以把這種旅遊過成生活。

這次匆忙返鄉，是為了辦港澳通行證。卻意外被母校邀請，意外開啟了過去的記憶，也因此意外地和現實迎面撞上，因此頭破血流。

我騎著摩托車在小鎮亂逛，父親曾開過的那家酒樓現在成了一個倉庫，他開的那家加油站已經被鏟平，規劃建成一個花園，阿太居住過的那棟小洋房，現在成了擠滿外來民工的大雜院，我最喜歡的那株玫瑰花已經枯得只剩殘枝。而到了泉州，成剛的副手——後來留守廣電報當副總編的莊總拿著批文給我看，廣電報明年將關掉。

那個下午，莊總極力邀請我一起吃晚飯，「喝幾杯」，我找了個理由急匆匆地走開，其實我沒有所謂其他事情，其實我一出廣電報的大門就失聲痛哭，其實我怕，我怕他突然提及王總是如何為了這報紙操勞過度以致猝死，我怕他會和我同時情緒失控。

時光多殘忍，那個懦弱但可愛的父親，兢兢業業一輩子的所有印記一點都不剩下；那個過於狂熱、戰天鬥地的兄長成剛，短暫地燃燒生命，也就耀眼那一瞬間；而我深愛著的、那個石頭一樣堅硬的阿太，還是被輕易地抹去。太多人的一生，被抹除得這麼迅速、乾淨。他們被時光拋下列車，迅速得看不到一點蹤影，我找不到他們的一點氣息，甚至讓我憑弔的地方也沒有。

而對於還在那列車中的我，再怎麼聲嘶力竭都沒用。其中好幾次，我真想打破那個玻璃，停下來，親吻那個我想親吻的人，擁抱著那些我不願意離開的人。但我如何地反抗，一切都是徒然。

我才明白，我此前並不是接受旅遊這種生活方式，我那只是逃避。雖然我反覆告訴自己，既然人生真是個旅途，就要學會看風景的心情和能力。但我始終接受不了，活得這麼輕盈，輕盈到似乎沒活過。其實我並不願意旅行，其實我更願意待在一個地方，守著我愛著的人，生根發芽。

對那些我正在愛著或者曾經愛過的人，我希望你們明白，我多麼希望付出全部為你們停留，如今我唯一能做的，就是把你們刻在我的骨頭裡，即使時光列車拖著我的肉身一路遠行，至少你們的名字和名字牽扯的記憶，被我帶走了，這是我對時間能做的唯一反抗。

說實話我一直不理解，也一直像個任性的孩子接受不了，為什麼時光這列車一定要開得這麼快，為什麼還要有各自那麼多分岔，我不知道我們這麼急匆匆地到底要去向何方？但我知道，或許不僅是我一個人在大呼小叫，那些靜默的人，內心裡肯定和我一樣地潮汐，我不相信成熟能讓我們接受任何東西，成熟只是讓我們更能自欺欺人。其實那次我旅遊完回來，寫了另外一首詩叫〈世界〉：

世界都不大
我可以哪裡都不去
我可以在這裡
只看著你
直到一切老去

很幼稚的詩，但我很驕傲，即使過了九年，我依然如此幼稚。這是幼稚的我幼稚的反抗。原諒我這麼感傷，那是因為，不僅是過去，現在的我，多想挽留住自己最珍惜的東西，卻一次次無能為力。但我還是願意，這麼孩子氣地倔強抗爭，我多麼希望能和我珍惜的人一直一路同行，但我也明白，我現在唯一能努力的是，即使彼此錯身了，我希望，至少我們都是彼此曾經最美的風景——這也是我能想到的唯一反抗。

這文章也給一個朋友，我要對他說的許多話，也就在這裡面。謝謝他，也謝謝時光，謝謝命運，雖然它們那麼殘酷，但終究讓我看到過風景。物都不可避免地有陰暗的一面。想要活得輕鬆便要學著妥協，你在一篇博客裡也寫過：「我不相信成熟能讓我們所謂接受任何東西，成熟只是讓我們更能自欺欺人。」這樣滋生的悲觀情緒是不是不可避免呢？

後記

我想看見每一個人

三十歲生日那天，我恰好在倫敦。規劃的行程，是去大英博物館打發一整天。

大英博物館的主展廳不定期會有展覽，那一天的展覽名叫「Living and Dying」：長長的展臺，鋪滿了各種藥丸和醫療器械，每一列都隸屬於最下面標注出的一個個主人公——這裡陳列著已逝去的人們自認為生命最美好、最痛苦時刻的照片，以及，他最後時刻的面容。

看著這一張張面孔，我突然想起重病八年、已經離世的父親，他恰是在三十歲那年有了我這個兒子的。

我當時來來回回地閱讀這展覽上的每張照片，每段人生，忍不住揣想，當時的父親應該也和三十歲的我一樣，已經度過了人生的懵懂期。世界已經幫他剔除掉天真的虛妄，歲月也悄悄開始把他的臉捏出折痕，當時的他應該已經和真實的世界迎面撞上。他是否已經找到辦法和自己身上的欲望講和？他如何理解這個朝他的人生撲面而來的新生命？後來的命運如何潛伏在父親周圍，然後一點點把他最終捕獲……

我才發覺，我其實不認識父親，即使我們是彼此生命中最重要的部分。嚴格來說，我只是知道他的人生，只是知道他作為父親這一角色在我的生活中參與的故事，我沒有真正地看見並理解他。

而認識到這一點，讓我異常難受。

我常對朋友說，理解是對他人最大的善舉。當你坐在一個人面前，聽他開口說話，看得到各種複雜、精密的境況和命運，如何最終雕刻出這樣的性格、思想、做法、長相，這才是理解。而有了這樣的眼睛，你才算真正「看見」那個人，也才會發覺，這世界最美的風景，是一個個活出各自模樣和體系的人。

顯然，我沒能「看見」我的父親，也已經來不及這樣去看父親了，他已從我的生活中退場。我開始擔心，自己會以這樣的方式，錯過更多的人。這惶恐，猶如一種根本的意識，就這麼植入了內心。

從倫敦回來的一個月後，我試圖以僅有的記憶建構一篇文章，盡可能地去尋找父親、抵達父親、看見父親——便是〈殘疾〉。這是挽留、告別，也是對內心惶恐的交代。

也是從那篇文章開始，生髮出一種緊迫感：我應該看見更多的人。這是對路過生命的所有人最好的尊重，這也是和時間抗衡、試圖挽留住每個人唯一可行的努力。還是理解自己最好的方式——路過我們生命的每個人，都參與了我們，並最終構成了我們本身。

也從那時候開始，寫這本書，就不僅僅是「自己想要做的一件事」了，而是「必須做的事情」了——我在那時候才恍惚明白寫作的意義——寫作不僅僅是種技能，是表達，而更是讓自己和他人「看見」更多人、看見「世界」的更多可能、讓每個人的人生體驗盡可能完整的路徑。

這樣的認識下，寫作注定是艱難的。

在正式從事媒體工作之前，我是個文學青年，之所以做媒體，最初的原因是為了養活自己，同時暗自懷抱著的目標是：以現實的複雜鍛鍊自我的筆力，然後回歸文學。在做媒體的這十一年，我寫了二百六七十萬字的報導，這讓我明白，媒體寫作另外有複雜寬廣的空間，也讓我自以為已經積累了足夠的筆力，可以面對自我，面對我在乎的一切人。

然而當我真正動筆時，才發覺，這無疑像一個醫生，最終把手術刀劃向自己。寫別人時，可以模擬對象的痛感，但最終不用承擔。而在寫這本書時，每一筆每一刀的痛楚，都可以通過我敲打的一個字句，直接、完整地傳達到我的內心。直到那一刻我才明白，或許這才是寫作真正的感覺。也才理解，為什麼許多作家的第一本都是從自己和自己在乎的部分寫起：或許只有當一個寫作者，徹徹底底地解剖過自我一次，他書寫起其他每個肉體，才會足夠的尊敬和理解。

在寫這本書的時候，有一些文章就像是從自己的骨頭裡摳出來的。那些因為太過在乎、太過珍貴，而被自己刻在骨頭裡的故事，最終通過文字，一點點重新被「拓」出來，呈現出當時的樣子和感受。我是在寫〈母親的房子〉的時候，才真正看見並理解，母親那永遠說不出口的愛情；在寫〈皮囊〉時，才明白阿太試圖留給我的最好的遺產；寫〈我的神明朋友〉時，才知道人是需要如何的幫助才能讓自己從情感的巨大衝擊中逃脫……這次的寫作讓我最終盡可能地「看見」我想珍惜的人，也讓我清晰地看到，藏在人生裡的，那些我們始終要回答的問題。

人各有異，這是一種幸運：一個個風格迥異的人，構成了我們所能體會到的豐富的世界。但人本質上又那麼一致，這也是一種幸運：如果有心，便能通過這共通的部分，最終看見彼此，映照出彼此，溫暖彼此。

這是我認為的「寫作的終極意義」，這是我認為的「閱讀的終極意義」。我因此多麼希望，這本書能幫助或提醒讀者，「看見」自己，「看見」更多人。

以這本書獻給已經離世的父親、阿太，獻給陪伴著我的母親、妻子、姊姊和女兒。

我愛你們，而且我知道，你們也那麼愛我。

二〇一四年十一月十一日

文學森林 LF0082

皮囊

作者

蔡崇達

一九八二年生，閩南人。十六歲時獲全國創新作文大賽一等獎，接續任職於《新週刊》、《三聯生活週刊》、《中國新聞週刊》。二十四歲即擔任《週末畫報》新聞版主編，二十七歲出任《GQ》中國版報導總監，為全球十七國版本中最年輕者。

不斷打破媒體紀錄，在新聞特稿寫作有獨到貢獻，多次獲得《南方週末》年度致敬、亞洲出版協會特別報導大獎，擔任CCTV紀錄片頻道文學顧問，負責汶川地震專題紀錄片策劃與撰稿工作，並與白岩松合作《岩松看美國》系列節目。

二〇一四年底出版個人第一部文學作品《皮囊》，獲得廣大回響。二〇一六年，與國內知名設計師、實業家合作創辦「立體出版社」：MAGMODE名堂，經營男裝服飾、藝文活動等，開啟跨界整合新型態。

封面設計　H_O
責任編輯　詹修蘋
行銷企劃　巫芷紜、王琦柔
版權負責　陳柏昌
副總編輯　梁心愉
初版一刷　二〇一七年九月一日
初版二刷　二〇一七年九月二十五日
定價　新台幣三六〇元

ThinKingDom 新經典文化
發行人　葉美瑤
出版　新經典圖文傳播有限公司
地址　臺北市中正區重慶南路一段57號11樓之4
電話　02-2331-1830　傳真　02-2331-1831
讀者服務信箱　thinkingdomtw@gmail.com
FB粉絲團　新經典文化 ThinKingDom

總經銷　高寶書版集團
地址　臺北市內湖區洲子街八八號三樓
電話　02-2799-2788　傳真　02-2799-0909
海外總經銷　時報文化出版企業股份有限公司
地址　桃園市龜山鄉萬壽路二段三五一號
電話　02-2306-6842　傳真　02-2304-9301

皮囊 / 蔡崇達作. -- 初版. -- 臺北市：新經典圖文傳播, 2017.09
304 面；14.8×21公分. --（文學森林；LF0082）
ISBN 978-986-5824-86-0（平裝）

855　　106013613